「俺の真の要求は、誉さんの心です」
抱き締められる中、切願する声が届いた。（本文より）

BBN
B●BOY NOVELS

その種、頂戴します。

―廻り出した運命―

今いずみ
イラスト／古藤嗣己

この物語はフィクションであり、実際の人物・団体・事件等とは、一切関係ありません。

CONTENTS

その種、頂戴します。

―廻り出した運命―

序

それは、美しい月夜の出来事だった——。

時刻は二十一時。

研究所全体は妙な静けさに包まれていた。月光が差し込む仄暗い室内には暖房は一切効いていない。体が寒さで震えていた。

閉められた窓から望む寒月《かんげつ》が綺麗に縁取《ふちど》られている。あまりの美しさに、私は眼鏡の奥の瞳を瞬かせた。

そうか——。

外気が冷たく澄んでいるからこそ、今宵《こよい》の月はこんなにも光り輝いているのかと、納得した。

同時に、今夜は今季一番の冷え込みになると、朝の情報番組で予報士が説明していた事を思い出す。

寒さの所為《せい》だろうか。白衣を纏《まと》う体は震えを強めていく。

いや、これは寒いからじゃない……。

本当はわかっているのだろうと、自らに問い掛けた。心臓は痛いくらいに脈打ち、呼吸は今にも乱れそうだ。

違う、そんな事があるわけない。

絶対にあってはならない……気の所為だ。

これはただ、これから起こり得る事に緊張しているだけだと言い聞かせ、脳裏に過《よぎ》る可能性を即座に抹消した。

息を深く吸う。

早鐘を打っていた心臓が徐々に静まる。落ち着きを取り戻したところで、目前のソファへと視線を落とした。

そこには、極上の男が身を沈めるようにして腰掛けていた。私は蔑《さげす》んだ瞳で男を見下ろし、こんな言葉を吐き捨てた。

「貴方《あなた》の種、頂けます?」——と。

「……はい?」

「ですから、貴方の精子を頂けるかどうかを聞いているのです」

直球な問いに男は瞠目《どうもく》する。そんな彼の下半身の衣服は乱れ、中心部は曝《さら》け出されていた。

雄の象徴は生々しい白濁の精を纏っている。それと同じものが私の手を、しとどに濡らしていた。

何とも穢《けが》らわしいと、掌《てのひら》を見つめた途端、一気に嫌悪感が込み上げた。この手を早く洗浄したい。それだけだった。

それでも、私はこの男を拒絶し切れない。

逞《たくま》しくもバランスの取れた軀体《くたい》。その頭脳は正に明晰。人類の頂点に位置すべき人間だと、誰しもが言うだろう。整った顔立ちに目を奪われる。腹が立つくらいに、完璧過ぎる男だ。

彼は生まれた時点でそれらを与えられている。

そんな完璧な男を、私は自己の願望を満たす為に利用すると決めた。

黒い感情が渦巻《うずま》いていた。世の中に対する不満と怒りが強まっていた。理不尽さを憎んでいた。

今から思えば、この月夜が、全ての始まりだったのだろう。運命という名のレールに自ら乗ってしまった事を、私には知る由《よし》もなかった。

けれども、ただ一つ、ハッキリしている事がある。

私は、アルファであるこの男、藪中路成《やぶなかみちなり》が大嫌いだという事だ――。

訳ありの三十路《みそじ》オメガ

世の中腐っているると思っているのは、きっと私だけじゃないと信じたい。

何故ならば、人生の道筋は元々生まれ持った三種の性によって、ほぼ決定してしまうからだ。虚《むな》しくもふざけた話だが、そんな下らない性のしきたりに抗《あらが》う術など、我々人類にはない――。

アルファとして生まれれば、約束された未来が待っていると誰もが言う。

誕生した我が子がアルファだった場合、両親の期待も大きければ、世間の注目度も高い。

元々備え持った全ての遺伝子が優れている彼等は、体力、知力共に高く、容姿も美しいからだ。

言うなれば完璧人間だ。その殆《ほとん》どが将来を約束されている。政界を含め、企業の重役や団体のトップは、彼等アルファで占められていた。

そして、この世の大部分を占める性、ベータとして生まれれば、平々凡々な人生を歩む事になる。世の九割方の人間が、このベータであると統計が上がっている。

勿論《もちろん》、ベータの中にも優秀な人間もいるが、所詮《しょせん》凡庸《ぼんよう》な性だ。アルファには敵《かな》わないとされてきた。

三つ目の性はオメガ。

特異稀《まれ》な体質で、男性でも妊娠が可能だ。呪われた浅ましい性とされている。

それには幾つかの理由があった。

全体的なステータスは先の二性に及ばず、基礎体力も低い。オメガが社会で順応して生きていく為には、並々ならぬ努力が必要だ。

しかも適齢期を迎えると、一定の周期で発情期、通称・ヒートが訪れる。

発情後は発情抑制剤を処方されながらの生活がスタートする。それによって発情をコントロールするのだ。

だが、抑制剤を処方されたとしても、そのヒート は完全に抑えられるものではない。緩和《かんわ》する程度だ。

ヒートは平均一週間続くとされている。

オメガがヒート期間に入ると、とにかく性交をしたいと全身が訴えるのだ。

その間は、他の事が何も手につかなくなる。性行為だけを淫らに望んでしまうというわけだ。その為か、社会からは役立たずのレッテルを貼られる始末だ。

就ける職業も国から指定されたものに制限されていた。しかも何処《どこ》も待遇は悪く、無職に成り下がる者、アルバイト先を転々とするフリーター、更には金銭目当てでオメガ専用の風俗などに身を置く者もいる。

結果、蔑まれ虐げられていく人生というわけだ。

とりわけ、一番厄介なのが、ヒート中に発せられるオメガの発情フェロモンが他の二性を性的に刺激してしまうという事だ。

特にアルファがまともに発情フェロモンを嗅《か》ぐと、正気を保つ事は難しい。オメガを孕《はら》ませたいと本能が爆発するのだとか。

その発情フェロモンは、オメガと番《つが》う事の出来ないベータ男性すらも時には惑わせる。

しかし相手がベータでは意味がない。

ヒートはアルファの精を受けて収まるというのは誰もが知る有名な話で、発情中の性交は凄まじい快感を生むとされる。

アルファの中には、その快楽だけを求め、オメガとの性交を楽しむ輩《やから》も多い。

オメガを性的処理の為の道具として扱う事例もあった。

オメガもオメガで、ヒート中はアルファの精を胎内に取り入れたいと、ひたすら願い待ち望む。色情に取り憑かれたかのように。

そんな背景からか、一昔前まではオメガに対する強姦事件も多く発生していた。

　最近では国も対策を打っている。厳重に処罰する法律ができたが、結局はお飾りの法だ。基本的にはフェロモンを撒《ま》き散らすオメガが悪いとされてきた。

　抑え切れない性欲を取り払い、コントロールするにはアルファと番う以外に方法はない。

　世間ではそれを運命の番《つがい》と呼ぶが、そんな簡単に運命の相手と出会えるはずがない。

　運命の番となる相手を探し待つだけ、時間の無駄というわけだ。

　この広い世界で、万が一、運命の番となる相手と出会うとしよう。その瞬間、魂《たましい》と魂が呼応すると聞く。底辺で生きるオメガにとっては、正にシンデレラストーリーだ。

　たとえ、運命の番でなくても、アルファがオメガの項《うなじ》を噛んだ時点で二性の間には決して離れる事が許されない番関係が成立する。

　下等な扱いを受けるくらいなら、いっそアルファと番った方が幸せだと言う声もオメガの中から多少なりとも上がっていた。生活が保証されるからだ。

　しかし思うのは、そこに愛という感情はあるのかといった素朴《そぼく》な疑問だ。

　古臭い事を言うが、そう感じてならない。

　何故ならば先に述べた通り、オメガが発情した途端にアルファはそのフェロモンにあてられてしまう。それは、どのオメガに対してもだ。

　要するにオメガであれば誰でもいいのだ。

「オメガは一生、アルファ相手にセックスをしていればいい」そんな心ない声を何度も聞いてきた。

　忌《い》まわしいと、心底感じてならない。性欲を抑え切れずに、ただ獣のように体を交えるなどあっていいのか。そこには何も残らないじゃないかと、私は悲しみすら感じる。

　それでも世間はオメガばかりを責めてアルファを擁護《ようご》する。理由は簡単。彼等はどうあっても選ばれた人々だからだ。

約束された将来、財力、資産、その全てを持つ事が出来る。世界共通の最高ランクの人々、それがアルファだ。

その反面、オメガはどうだろうか。

一生発情期に苦しみ、抑え切れない欲望をアルファとの性交で鎮《しず》めてもらう。そこで番関係を結んでも、果たして幸せなのだろうか。疑問を感じてならない。

要はオメガの人生はアルファによって左右されるという事だ。オメガの意思は一切尊重されない。人権無視もいいところだ。

アルファとオメガの二性間に純粋な愛など存在しない。何が三種の性だ。皆、同じ人間である事に変わりないじゃないかと、ふざけたしきたりに翻弄される世の中に反吐《へど》が出る毎日だった――。

「――高城《たかしろ》副室長！　おーい、高城誉《ほまれ》副室長！」

大きな呼び掛けと共に扉が開け放たれた。

白を基調とした研究室に現れたのは、白衣を身に纏った草臥《くたび》れた容姿の中年男性だ。

「……そんな大きな声を出さなくても、ちゃんと聞こえています」

マスクを着用したままで私は返した。一旦仕事の手を止める。顕微鏡から目を離し、声の主へと視線を送ったのだが、その姿を見るなり、眉間に皺《しわ》を寄せた。

今日も汚いな。

男は酷い有様だった。

寝癖大爆発の頭は天然パーマとの具合なのか、まるでそこだけ異次元だ。強力な電磁波でも生じているのか。

顎《あご》には剃り残された無精髭《ぶしょうひげ》。それに加えてヨレヨレの白衣。袖口も汚れている。見ていられないと、重い溜息を落とした私は、顕微鏡のレンズを再び覗いた。

運動率の悪い精子群が瞳いっぱいに映る。生命の種は培養液の中を力なく泳いでいた。

「どうかな、高城誉君？」

男が問い掛ける。

「……今、いい状態のものを探しているところです」

高城誉とは正真正銘《しょうしんしょうめい》、私の名だ。

今は亡き両親が「人生誉れ高くあれ」という意味を込め、名付けてくれた。

その名を呼んだ小汚い男は、私の勤め先でもある、国立化学開発研究法人・理化学生体特別研究所のバイオ遺伝子考察部・三種遺伝子調査室の室長で、直属の上司にあたる宮本秀作《みやもとしゅうさく》氏だ。

三種とはアルファ・ベータ・オメガの事であるのは言うまでもない。

その遺伝子を根本的に日々研究し、解明するのが、彼が率いる研究チームの主な仕事だ。私はここで副室長を任されている。

遺伝子関係の研究は多岐にわたる。

不妊関係や、環境ホルモンへの影響、精子そのものの質など様々だ。

この種、駄目だ。しかも奇形が多いな。遠心分離機にかけてもこの様か？

薄手の白手袋をはめた手で、画像拡大の操作を行う。最近の仕事は専《もっぱ》ら種……この精子をとことん調べる事だ。

地味な作業ではあるが、これにはれっきとした理由がある。

意識を集中させ、運動率のいい精子を探すが、残念ながら優良種は一つも見当たらなかった。

時間のロスだった。

心で愚痴《ぐち》を吐き、顕微鏡から視線を外した時だ。人の気配を間近に感じた。宮本室長がデスク脇に佇《たたず》んでいた。彼は掌サイズの容器を手渡してきた。

「……これもですか？」

中身は聞かなくてもわかる。精子だ。

「うん、頼める？　遠心分離機はかけてあるから」

「遺伝ルート、おわかりです？」

「勿論！　優秀なアルファを祖父に持つ、ベータ青年の精子だ」

「そうですか。それなら少しは期待出来そうですね」

期待感を募《つの》らせた私は、手袋とマスクを新しいものに交換する事にした。

席を立ち、顔の半分を覆っていたマスク取り払ったところで、感心したような溜息が耳に届いた。

「相変わらず綺麗だねぇ、高城君」

「…………」

顔を見つめてくる宮本室長を、私は無言で睨みつける。

「せっかく褒めてあげてるのにぃ」

「そんな事を言われましても、全然嬉しくないので」

淡々と言い放ちながら、備品収納の戸棚を開き、交換用のマスクと手袋を取り出した。

「何で？　もっと自信持っていいんだよ。もう何歳だっけ？」

「三十歳ですけど、それが何か？」

何だ、自信って……そう思いつつも年齢を告げた。

「年頃だねぇ。早く身を固めた方がいいよ。いいアルファが知り合いにいるけど、どう？」

「……全力でお断りさせて頂きます」

冗談じゃない、誰がアルファなんかと。

嫌悪感が込み上げたが、あくまで軽口と捉える。

無駄話はここまでにして、研究再開だ。私は新しい手袋をはめ、マスクを装着した。

「あ、隠れちゃった。高城君の素顔は本当に目の保養になる。あともう少し身なりに気を遣ったらいいと思うのだけど……ついでに眼鏡をやめてコンタクトにしたらどう？」

「これでも精一杯気を遣っています。コンタクトは目が乾くから嫌です。大体、宮本室長に身なりの事を、とやかく言われたくありません。その剃り残しの髭、とっても不細工です」

不細工の部分を敢《あ》えて強調した。上司に対する態度としては如何《いかが》なものかと自問するが、これは日常茶飯事のやり取りだ。

「ぶ、不細工って酷いなぁ……」

傷ついた様子で宮本室長は肩を落とした。

言っておこう。彼はこれぐらいの言葉でダメージを受けるタイプではない。

「あぁっ、そうだそうだ！　これを伝えないとだ！」

「いきなり何ですか？　声が大きいですけど」

突然の大声に私は眉を顰《ひそ》めた。

「先月、高城君が書いた論文だよ。アメリカの遺伝子工学雑誌に掲載されたでしょ？　あれ、反響が凄くてね。向こうの研究所でも結構話題になっているんだよ。おめでとう！」

気持ちが昂《たか》ぶったのか、宮本室長が拍手を送る。

「はぁ、それはどうも……」

今いちピンとこないまま、私は小首を傾げた。

「それはどうもって、何かこう、もっとない!?　嬉しいとか、感激とかさぁ！」

薄い反応が不満だと言いたげに、宮本室長は身振り手振りで、もっと喜べと催促してきた。

「……いえ別に。ただ思った事と、研究結果を書いただけですから」

それは本心だった。別に海の向こうの地でどう騒がれようが興味すら湧かない。

それにしても本当にこの上司はよく喋《しゃべ》ると、呆《あき》れ顔を浮かべた。そこに侮蔑《ぶべつ》の意味はない。

こう見えても私は、宮本室長を心から尊敬している。彼の下で研究出来る事を誇りに思っている。

そんな彼は、私の顔をいたくお気に召しているようで、先のような賛嘆をたびたび向ける。そこに恋愛感情はない。宮本室長は愛妻家で有名だ。

傲《おご》るつもりは全くないが、それなりの容姿をしているとは、私自身も自覚している。

身長は百七十センチと少し。日本人男性の平均には達している。しかし、全体的に細身なせいか低く見られがちだ。筋肉も付いていない事もないが、薄い。これぱかりは仕方がないと諦めている。いくら

だ。運動に励んでも、屈強な体躯《たいく》を得られない体質なの

周りの女性は口を揃《そろ》えて言う。肌理《きめ》細かな白肌が

羨《うらや》ましいと。

長い睫《まつげ》毛の奥に存在するのは、切れ長二重の漆黒

の双眸《そうぼう》だ。筋の通った小鼻。薄い唇には色香が見え

隠れしており、その全てが羨望に値するのだとか。

簡単に言うと、眉目秀麗《びもくしゅうれい》というわけだ。

手触りがよさそうだとも言われるこの黒髪は、

少々セットがしにくい事が難点だが、特に困ってはいない。

最近は仕事に追われ、美容室に行く暇もない。前髪は伸びに伸びてしまっていた。目に掛からぬように適当に流し分け、長い部分を耳へとかける。後ろ髪を含めての全体は、耳下辺りまで伸びているが、宮本室長ほどボサボサではない。それが今の私のヘアスタイルだ。

「うーん、高城君に似合いのアルファいないかなあ？」

まだその話題かと、先程渡された容器を手に取る。

「精子《これ》調べますよ。常温保存なんですから早くしないと」

精子は適切な温度を保つ事が大切だ。

温め過ぎても、冷やし過ぎてもいけない。誤《あやま》った保存方法だとすぐに死滅してしまう。とてもデリケートなものだ。

「この理生研のクールビューティーと称される君だからね。それなりにレベルの高いアルファがいいよね？」

話が勝手に進む。着席した私は怪訝《けげん》な顔つきで問い返した。

「何ですか、クールビューティーって？　それに私は不出来なオメガです。それは宮本室長も御存知でしょう」

「不出来ではないよ。高城君は稀有《けう》な存在なんだよ。誇りを持ちたまえ。近い将来、君の事もちゃんと調

べないといけないね。あぁ、研究者魂が疼《うず》くよ」

楽しみだと、宮本室長は目を細め天井を仰いだ。

「いや、それよりですよ……」

聞き捨てならない台詞《せりふ》があったと、私はトーンを下げた。

「ん？」

「私はアルファなんかとは絶対に番《つが》いたくありません。不出来と言えば不出来なんです。当の本人がこう言っているじゃないですか」

力強く言い捨てた。そう、私はオメガだ。

不出来なオメガと、自らを卑下《ひげ》したが、実際そうなのだから仕方がない。

オメガの人間は、適齢になると必ずヒートが訪れる。発症平均年齢は十六歳とされている。地獄のようなヒートに苦しむオメガも多く、発症と同時に心を病む者も多い。

そんなオメガだが、救済措置は取られている。

国から指定された抑制剤を処方されながら、発情周期を常に把握し、前もって発情をコントロールする。

しかし難点があった。抑制剤を飲んだとしても、性発情を完全に抑えられるわけでもない。結果、オメガ自身の性欲は燻《くすぶ》り溜まったままだ。

ヒート期間は家に引き籠《こも》るのがベストだ。誰にも侵入されぬよう施錠し、とにかく過ぎ去るのを待つ。

男性オメガの場合は、猛った一物《いちもつ》を皮が捲れるまで擦り、尻孔を指や玩具で刺激する。

女性オメガは秘部肉を刺激し、開き切るまで自らを慰める。

それが一週間、ほぼ二十四時間続くのだ。食べて、寝て、自慰。延々とその繰り返しだ。まさに淫獄そのものだ。それでも誰にも彼にも、性交を求めて縋《すが》るような、みっともない行為だけはしたくないというのが、オメガ達の主張だ。

最後の抵抗と言うべきだろうか。オメガにも人としてのプライドがある……そう叫んでいるようだった。

しかし努力と決意も虚しく、やがて自己を慰めるだけでは済まなくなる。

性交を持たずに何度もヒートを繰り返していると、ホルモンバランスが崩れ、発情周期が乱れるのだ。

その結果、予測不可能なヒートを呼び起こし、最終的には日常生活にまで負荷がかかる。

仕事でも表舞台に立てず、私生活はどんどん引き籠っていく……それがオメガの行き着く先だ。

もっといい薬があればと、抑制剤の新薬開発を切に願う毎日なのだが、日本の化学界は我関せずといった様子だ。

まず予算がかかる。数少ない性の為に、無駄金を使いたくないのだろう。

呪われた悲しい性……オメガの事をそう呼ぶ人も少なくない。

しかし不思議な事に、私にはまだヒートが訪れていない。三十歳になった現在も、全く発情しないいまなのだ。

生体検査結果では確かにオメガと判定された。体奥にはちゃんと子宮が存在している。私は子を孕み、産む事が出来るのだ。しかし、実感は全くない。それどころか、アルファを目の前にしても何も感じない。逆に激しい嫌悪すら覚える。

オメガはアルファが近くにいるだけで、細胞が過剰に反応するといった研究結果が出ている。アルファの子を孕みたい、潜在的な本能が疼くとされている。そんな感覚すら、私は知らない。

ヒートは訪れず、フェロモンも放出されない、こんな私をオメガと言っても誰も信じないだろう。周囲はベータと認識し、私もそう振る舞ってきた。

当然、淡い期待が生まれた。

自分はベータなのかもしれないと。望みをかけ、以前再検査をしたが、オメガという結果には変わりなかった。

落ち込みはしたものの、発情しないのであれば、それはそれで有りだと、数年前に気持ちを切り替えた。

普通なら発情周期のたびに苦しみ怯《おび》えるオメガだ。抑制剤を定期的に飲まなければならないが、それも不必要だ。

ヒートが厄介とされるオメガは、水準の高い仕事に就く事は認められない。しかし私は安定の職に就いている。しかも国立の理化学生体特別研究所だ。普通なら有り得ない。

自ら結論付けたのは、どうやら私は発情しない特異体質ではないかという事だ。

そのお陰、と言ったら語弊があるが、今の今までベータのように生き振る舞ってきた。

ただ、自分の体の事を知らぬまま生きるのは嫌だった。

高校三年、春の事だ――。

三種の性を専門に調べる宮本室長の存在を初めて知った。何が何でも彼の下で働きたいと強く願った。

オメガだと判明した学生時代。人一倍努力をせねばならない人生だということはわかり切っていた。

私は猛勉強し、理生研と繋がりの深い国立大学をトップの成績で卒業し、見事理生研に入所した。本来ならオメガなど雇い入れない理生研だが、大胆にもそれを隠し今に至るわけだ。

入所時に提出する身分証明書は知識を駆使し偽造した。犯罪だと言われても、それしか手段がなかった。

それ以前にオメガがレベルの高い国立大学を卒業出来るわけないと、周りは思い込んでいる。ましてや理生研に入所するなど、絶対に無理だ。

初めて宮本室長に会った時の感動は忘れない。

これで本当の自分を見つけられると、安心した気持ちにすらなった。この体質についての謎を解明してくれる事を密かに期待していた。

入所してから一年経《た》った頃、宮本室長にはクビを覚悟でオメガだと告白した。彼の人柄に触れ、信頼出来ると思った上での行動だった。

理生研に置いて欲しいと強く願い、助けを乞うようにして、宮本室長の袂《たもと》を摑み組った事は懐かしい。

必死の形相《ぎょうそう》で訴える私とは対照的に、室長の反応は意外なものだった。

『君、面白いね。いいよ、隠したままでいこう。これからも是非一緒に働こう！』

性を偽った行為を彼は黙認するというのだ。この日から宮本室長が取り仕切る研究室の一員として迎え入れられた。

万が一、正体を知られた場合、離職に追いやられる可能性が高い。

それだけは嫌だった。私には自己の体質解明といった目的がある。

その全てを含めて、宮本室長は理解をしてくれている。感謝してもし切れない。

不相応な身分だと思う。本来なら、オメガである私が彼の下で働く事など許されない。それでもと、私は唇を噛んだ。

オメガはもっと自由であるべきだ。性などに縛られず、楽しく生き、働く権利がある。それを証明するのは私だという使命感があった。

「高城君――？」

「……すみません。調べます」

宮本室長の声で我に返った。沈思《ちんし》し過ぎたようだと、研究を進める。

容器の蓋《ふた》を慎重に開けた。専用のスポイトで精液を適量吸い取った後、薄型のシャーレに垂れ落とす。少し粘り気が足りない。薄い気がした。

その上からガラス板を乗せ完全にカバーし、顕微鏡の定位置へと置いた。これで準備は完了だ。あとは探すのみと。姿勢を正す。

顕微鏡を覗くと、あの小さなオタマジャクシがウヨウヨと泳いでいた。奇形も少なければ、量も平均的だ。

「……どう？」

期待した声であった。しかし私は首を横に振った。

「特異な精子は見受けられません。一般的な精子といった感じですね」

「そうか……う～ん」

低く唸《うな》った宮本室長が思案顔で腕を組む。私も現状打破を考えるが、活路は開けない。

今、研究室で取り組み中の実験計画があった。

それこそが精子を必死に調べる理由だ。しかも決められた期間までに結果を出さなければならない。その期限は近い。出来なかったでは済まされない。結果次第では研究室への助成金も大幅に引き下げられる。理由はもう一つあった。それは宮本室長の昇進で、副センター長としての席だ。

「まぁ、悩んでも仕方がないな。ははは っ」

笑い事じゃないだろうと、私は何も返さずに彼を睨んだ。

もっと必死に、それこそ足掻《あが》いてもいいはずだ。しかし宮本室長は、そんな素振りは一切見せない。むしろ研究そのものが面白いと、日々上機嫌だ。

彼はどこか呑気《のんき》だ。無欲さも感じさせられる。これも長所の一つだろうが――。

「やっぱり『アルファが生まれる特異精子』の存在の可能性ってのは、我々人間には判別出来ないのかねぇ……どう思う?」

質問を投げられた。

「こればかりは、わかりません。アルファが多い家系にはアルファが高い確率で生まれてくるとされますが、絶対じゃない。ベータやオメガからもアルファが生まれます。逆もあります。アルファが他の二性を産む事もありますし、やはり彼等は神出鬼没と言うべきでしょうか」

教科書通りの答えを返した。

三種の性の下、何の因果か勝手に分別され、この世に生を受けた私達人類だが、未だその起因は謎のままだ。

この世の殆どがベータ性で、俗に言う一般人が多い。

何故有能なアルファや、男性でも妊娠出産可能なオメガが存在するのか、まだ解明されていない点が多いのだ。

「つくづく神様の悪戯《いたずら》としか思えないよ。アルファもオメガもトータルすると全人口の一割程度だ。そこには一体どんな遺伝子操作が働いているのか……今の科学をもってしても解明出来ていないのだから」

腕を組みかえた宮本室長が憂《うれ》う。その顔には疲労が見られた。

期限が実験や、学会に提出する論文に追われる日々だ。しかも彼は、何校もの大学で臨時教授も務めている。その講義は面白く、人気爆発中らしい。不眠不休が続いているのは一目瞭然だ。

現在の研究は、政府から理生研に要請されたものでもある。

内容はこうだ。

世界的にも不妊大国である日本で、最先端の不妊治療が注目される中『アルファを確実に産み出す精子』が存在するか否か、そんなテーマに基《もと》づいている。

そのような精子が存在した場合、有能な人種であるアルファを意図的に増やす事が出来るとの目論《もくろ》みだ。

日本は今、岐路に立たされていた。

先に述べたように、不妊大国でもあり少子高齢化が急激に進む中、人口減少も著《いちじる》しい。

昨年、いよいよ総人口が一億人を割り、政府も少子化対策に今まで以上に本腰を入れると報道されていた。

人口減少により各分野でも人材不足の影響が、顕著に現れはじめていた。そうなれば日本の国力も自然と下がる。

そんな状況下で、アルファという存在は希望の性だ。

特異な精子が存在するのなら、違った特徴を持っているかもしれないと、単純且《か》つ素朴な疑問から要請を受けたこの研究だが、それらしき精子は、まだ発見出来ていない。

　一度の射精で億単位の精子が放出されるのだ。その種は千差万別。同じ人物から放たれたものとはいえ、一つ一つ特徴や質も違う。そんな中から特異であろう種を見つけるのは至難《しなん》の業《わざ》だ。

　ここのところ毎日精子と格闘してばかりいる。正直、見飽きた。

　それでも真剣に取り組めるのは、研究好きである事と、この研究結果に興味があったからだ。

　そして成功した暁《あかつき》には、是非とも宮本室長に副センター長の座に就いてもらいたい。

　彼ほどの天才を私は知らない。

　特に三種の性遺伝子については、鋭い考察で数々の論文を発表している。遺伝子工学でも世界的に有名だ。彼の名を知らない者は化学界にはいないだろう。

　宮本室長が理生研中枢に近い人物となれば、研究室は潤い、給与も上がる。

　何よりも、彼の研究熱心な人柄と人間味が素晴らしい。ベータでありながらも、その知能の高さはアルファをも凌《しの》ぐとされている。

　しかし、今の日本理生研は嘆かわしいほど酷い組織だ。

　幹部らは私利私欲に塗《まみ》れ、やれ自分の方が偉いだの、賢いだのと、研究で世の中に貢献しようという純粋な想いは全く感じられない。

　そんな奴らに限って、とことん無能だときている。

　この理生研で唯一のアルファである冴嶋《さえしま》センター長も、欲に塗れたどうしようもない人物だ。

　この世の中同様、この研究所も全くもって腐っていると常々感じている。

　宮本室長の研究が進むイコール、私の謎体質も解明されるだろうと確信している。

　未発情オメガとして生きていく事に不満はない。

発情に苦しまず生きていける事は逆に幸運だ。

しかし、いくらベータのように振る舞っても、この体は確実にオメガだ。

自分の体に何が起こっているのだろうか。不安や恐怖もあった。臨終するまでに、原因をハッキリさせておきたいというのが本音だ。

「でもねぇ……たとえ、この研究が上手《うま》くいったとしても、不妊治療での体外受精とか、顕微授精に活用されるのは抵抗があるけれどねぇ」

突然の意見に私は耳を澄ませる。

「……というのは？」

マスクと手袋を外して、問う。宮本室長は少し困った笑みで独自の考えを語り出した。

「だって、そうなれば意図的にアルファだけが増えちゃって、結局他の二性は淘汰《とうた》されてしまうだろう？　そうなればこの微妙な性のバランスが崩れてしまいそうでね。少しばかり怖いと思う時があるよ」

彼の本音を垣間見た瞬間だった。

確かにと頷《うなず》きながらも私は次の質問を飛ばす。

「だったら何故この研究を続けるのです？」

「うーん、興味があるんだよ」

顎に剃り残した髭を触りながら、宮本室長は瞳を輝かせる。探究心に溢《あふ》れた研究者の目だった。

「何故彼等は、生まれつき全てにおいて優れているのか……他の二性と何が違うのか純粋に知りたくないかい？」

「……まぁ、そうですね」

「もしそれが、精子という種に起因するのなら、とっても面白い」

彼は続ける。

「これは遺伝子操作の領域だからね。性のバランスを崩さない事を大前提にしたい。安易に医療現場や不妊治療等で活用してはならないと、僕もしっかり提唱するつもりだよ」

「その方がいいと思います」

賛成の意を示し、私は精子の観察を再開しようと、顕微鏡を覗き込んだが……。

「まぁ、アルファが優秀な性なのは確からしい。冴嶋センター長はあんなだけどね」

宮本室長の話はまだ終わっていなかったようだ。冴嶋忠行《ただゆき》、この理生研のトップである男はアルファとはいえ、私から言わせれば大した事のない人物だ。理生研を意のままに操り、好き勝手に金を使い込んでいる。アルファなら何をしても許されると思っているのか、傲慢さの塊《かたまり》だ。

宮本室長も同様の見方なのだろう。先の台詞がそれを証明していた。

「そう言えば、今日から遺伝子情報技術開発室に、短期間だけど社会勉強としてやってくる人の話、聞いてる?」

前置きもなしに始まった。こっちが本題なのだろう。

「興味もありませんし、知りません」

関係ないと打ち切った。早く仕事に取り掛かりたいのだ。

「ちょっとちょっと、話題が広がらないなぁ!」

つまらないと言いたげに、宮本室長は頬を膨《ふく》らませた。

茶目っ気を出したつもりだろうが、全然可愛くもなければむしろ引く。冷たい眼差《まなざ》しを向けても、彼は勝手に喋り出した。

「聞いて驚きたまえ。あの藪中グループの御曹司《おんぞうし》らしいよ!」

「――藪中ですって?」

思わず反応する。

藪中とは、医薬品から医療品、化粧品や健康サプリ、様々な分野に手を広げる大手薬品グループ会社でこの理生研とも繋がりが深い。

アメリカの化学界や、世界に点在する代表的な研究所とも提携しはじめている。

しかし、研究者でもないお坊ちゃんが、社会勉強の為とはいえ、理生研に来る必要があるだろうか。

そう思ったところで、宮本室長が答えをくれた。

「グループとして理生研との繋がりをもっと深めたいらしい。そこで、昨年の春、大学を卒業したばかりのアルファの息子を送り込むことにしたらしいよ。T大学首席卒業で将来有望のグループ後継者だ」

T大学と言えば全国一難関の国立大学だ。

しかしそれが何だと言うのだ。

「知りませんよ、そんな事。息子なら当たり前のように後継者の座につくでしょう？　変わった話題でも、何でもないじゃないですか」

親の七光のアルファ御曹司か。想像するだけで嫌気が差す。どうせ冴嶋のように傲慢で、権力を振りかざすに違いない。そんな姿が容易に想像出来た。

「それより、遺伝子情報技術開発室って仰《おっしゃ》いませんでした？」

その研究室には、正直いい思いは抱いていない。

「あぁ、そうそう。どうやら御曹司君は矢木《やぎ》室長のところで暫《しばら》く勉強するみたいでね」

「…………」

全くこの人は、何を呑気にそんな事を言うのだろうか。

「宮本室長。矢木室長も新たな研究に全力を注いでいる事は知っていますか？　しかも同じ副センター長の座を狙っての事ですよ!?」

感情が昂ぶり、私はつい声を荒らげていた。

矢木室長、その名を矢木英治《えいじ》といい、宮本室長を一方的にライバル視する、高慢ちきで無能な、中年ベータの男だ。

矢木も三種の性を違った角度から調べている。

何かと宮本室長に張り合ってくるが、実際のところ足元にも及ばない。

媚び諂《へつら》う事が大得意で、悪評は絶えない。

政治家との繋がりも深いと聞いている。冴嶋センター長とも、黒くも良好な関係を築いているようだ。

そんな矢木の研究室に、どうして藪中グループの御曹司が勉強をしに来るのだろうか。

矢木がバカなら、研究室に所属する副室長もまた結構な無能だときている。そんな彼等に教えを請うても、何の得にもならない。

「矢木室長も現在研究を進めていて、もしかしたら先を越されるかもしれないんですよ？」

いくら矢木が無能だとしても、三種の遺伝子に関わる研究で成果を上げようと躍起《やっき》になっている。いわゆるライバルだ。

しかも矢木は結果を出す為ならば手段を選ばない人間だ。

もしかして矢木の奴、藪中グループを後ろ楯にしようと考えていないだろうか？

一抹《いちまつ》の不安が過った。

「うーん、それならそれで仕方のない話でしょ？　僕は楽しく研究が出来ればそれで充分だよ」

「…………」

返す言葉が見つからなかった。

こういう人を本当の無欲と言うのだろうが、部下としては、相手を怯《ひる》ませるぐらいの気概を見せて欲しいと思ってしまう。

「僕には高城副室長といった有能な部下がいるから、その辺は心配していないよ」

その気持ちは充分わかっているよと、肩をポンと叩かれた。

「……はぁ、どうも……」

こういった事をサラリと言うのだから、何とも気恥ずかしい。

「……宮本室長、今日はお昼からS女子大の講義が入っていませんでした？」

照れを誤魔化《ごまか》したくて、スケジュールを確認する。

時刻は十二時五分前だ。昼休憩が迫っていた。

「そうなんだよ〜。可愛くて若い女の子達ばかりで浮かれちゃうなぁ。エヘヘ」

「……その顔、奥様には見られないようにして下さいね」

だらしなく鼻の下を伸ばす彼に、眼鏡を光らせた時だった。訪問者を知らせるノック音が室内に響いた。

「はーい、いるよ！」

宮本室長が入室を促す。

擦りガラスの向こうには人影が二つ映っていた。

扉が引き開いた瞬間――。

「やぁ、宮本室長。悪いね、突然」

「――!?」

耳に纏わりつくのは陰湿な声だった。片眉が引っ張られたようにしてピクリと蠢《うごめ》いた。不快な気持ちが高まった。

現れたのは、たった今まで話題にしていた男、矢木英治だったからだ。

「おや、矢木室長、珍しい！　一体どうされました？」

宮本室長はいつもの調子を崩さない。にこやかに矢木を迎えた。

そんな宮本室長の声を無視し、矢木は大股で室内を闊歩《かっぽ》した。

何だってこんなにも偉そうなのだと、私は苛立《いらだ》っていた。

人間は歩き方にも人柄が出ると言われるが、こいつの場合は、そのいい例だ。

そして矢木の後に続くもう一人の人物がいた。

矢木より頭半分、身長の高い青年が、強烈な存在感を醸《かも》し出していた。

誰だ――？

私はゆっくりと、その青年の足の先から、頭のてっぺんまで視線を辿らせた。

身長は百八十を優に超えているだろう。

逞しい体つきのように見えるが、着痩せするタイプなのかもしれない。身に纏った白衣がスマートさを強調していた。長い手足が、それを更に際立たせている。

ライトブラウンの髪は綺麗に整えられていた。前髪から覗く額も形がいい。大きめの二重瞼《まぶた》からは柔らかな雰囲気が窺える。一見、人懐っこそうにも見えるが、その双眸には意思の強さが表れていた。

高い鼻梁《びりょう》、上品でいて男らしい唇。日本人離れしたスタイルと容貌。とてつもなくハンサムだ。私の瞳は彼へと釘付けとなった。

暫く惚けていた時だ。視線に気付いた青年が白い歯を見せニコリと微笑んだ。

「――っ」

微笑む仕草《しぐさ》一つでも男前だ。真のイケメンというものを初めて見たと私が息を呑んでいると……。

「どうぞお座り下さい。えっと、彼はどちら様で……」

宮本室長が聞いた。

「今日から私の研究室に臨時で所属する事になった、藪中路成君だ。君達も聞いているだろう? 藪中グループの御子息が今日から理生研に来る事を。だから紹介しに来たんだよ」

ソファへと腰掛けた矢木が、偉そうにふんぞり返る。その言葉態度は癪《しゃく》に障《さわ》るが、私の意識は青年にあった。

藪中、藪中路成……彼の存在と名前が私の心に強烈にインプットされていく。

瞳を逸《そ》らしたいのに、逸らせない。まるで呪縛にかかったかのように、私は彼を凝視した。

「はじめまして。ご紹介にあずかりました、藪中路成と申します。今日から短期間ではありますが、矢木室長のところでお世話になります。どうぞ、よろしくお願い致します」

丁寧な言葉と謙虚な姿勢ではあるが、その佇まいは自信と威厳に溢れていた。これこそが、アルファの先天的資質だ。

藪中が頭を上げる。表情こそ柔らかいが、全ての者を服従させるオーラが漂っていた。

抗えないと、無意識下で悟った。彼こそが、正真正銘のアルファだ。同じアルファである冴嶋センター長など比にもならない。

「――っ……」

突如として背筋が震えた。体中の血が、細胞が騒ぎ出すのがわかった。眠るオメガ性が燻ったのか……初めての感覚だった。

違う、これは明らかな嫌悪だ。感覚を否定した私は藪中を厳しく見据えた。すると再び視線がかち合った。

口角を上げた彼は紳士的に笑った。甘いマスクの裏からは全てを見透かすような、鋭い面が覗いていた。

アルファだ……。

人類の頂点が、すぐ目の前にいる。

恐怖にゾッとした。冷たい汗が幾筋も背を伝っていた。

これが、アルファ中のアルファである藪中路成との出会いであった――。

走る電流と攻防戦

アルファ特有のオーラを全身から醸し出す藪中に目を奪われる中、やっと我に返る事が出来たきっかけは宮本室長の呑気な声だった。

「いやぁ、藪中さん超イケメンだねぇ。アルファの人ってあんまりお見かけする機会がないからアレだけど、やっぱり違うね……惚れ惚れするよ～。僕の友人に一人だけアルファの人いるんだけどさ、全然藪中さんほどじゃあないなぁ……って、これじゃあ友人に失礼だよね！　アハハハハ」

お得意のマシンガントークに、宮本室長自ら突っ込みを入れる。一体何がそんなに面白いのか、大口を開け笑う彼に、藪中は照れくさそうに微笑む。

「そんな……自分なんて、皆さんと変わりありませんよ」

「嫌だなぁ、御謙遜しちゃって～」

「いえ、アルファってだけで、何も特別な事はありませんから」

藪中は低姿勢を崩さず、とことん恐縮ぶっていた。よく言えたものだ。

これは演技だ。柔らかな物腰であっても全て嘘っぽく感じてならない。

ましてやアルファだ。世間のアルファは基本的に他の二性を見下げる傾向がある。

大学を卒業して間もない青二才のくせにと、私は微笑みの裏で毒突いていた。

ここで矢木が口を開く。

「藪中君、こちらは宮本秀作さんだ。ここの研究室で室長をしている」

ここで藪中の表情が畏《かしこ》まったものに変わった。

「化学界で著名な宮本室長の事はよく存じ上げております。いつも素晴らしい研究をされていますよね。発表された論文や出版された書籍は全て拝見しております。お会い出来て光栄です！」

彼は若干《じゃっかん》興奮気味に宮本室長へと歩み寄った。

「それは嬉しいな。藪中グループの御子息にそう言ってもらえるのは、光栄だよ」

煽《おだ》てに弱いのか、宮本室長は大いに喜んでいた。

二人は互いに改めて自己紹介し合いながら固い握手を交わす。

嘘に決まっているじゃないかと、歯に浮くようなお世辞に流される宮本室長へと呆れた視線を送った。

藪中の本心は正直わからない。

ただ、そう思えてしまうほど、この男を毛嫌いしてしまう。特別何かをされたわけでもないのに、出会った今の瞬間から気持ちが落ち着かない。

眠る本能《オメガ》がアルファという存在に少なからず反応しているのか——？

バカバカしい。

考えるのを止めた。私は発情すら訪れない不出来なオメガだ。今の今まで何もなかった。

それはきっとこれからも変わらない、そうに決まっている。

自問自答していたところで、藪中との握手を解いた宮本室長が私へと向き直る。

「藪中さん、紹介しよう。彼は私の右腕で、理生研のクールビューティーと謳《うた》われる副室長の高城誉君だ。美人だろ？」

「ちょ、ちょっと……そういうのは止して下さい」

その紹介に私は当惑した。

「高城……誉さん？」

名前を確認するように藪中は囁いた。低くも魅力に満ち溢れた声に、私の心音が小さく打った。

彼は驚いた様子で尋《たず》ねてくる。

「……もしかして、先月アメリカの化学誌に論文掲載されていた、あの高城さんですか？」

「え？　そうです、けど？」

意外だった。まさか知っていたとは。

アメリカの化学誌と言っても、メジャーなものではない。化学界の次世代を担う、若手の研究者が同人誌感覚で発刊している。

とはいえ、世界各国から集まる論文の数は膨大だ。世界生体化学機構の、国連生物化学委員会の協力のもと、選出される。

掲載に至るという事は、研究者としての評価へと繋がる。

宮本室長が「おめでとう」と祝ったのは、そういった意が込められているのだ。

「はじめまして高城さん。なかなか面白い論文でした」

藪中が一歩、歩み寄り、私へと握手を求めた。差し出された手も、また大きく男らしい。

選ばれた人種というのは、体のパーツからして違うのか。

アルファの手なんて握りたくないと、迷った私だが、考える事、数秒。手を出した。拒むのは社会人として無礼だと判断したからだ。

「……はじめまして高城と申します。よろしくお願い致します」

軽く会釈《えしゃく》し、愛想笑いを浮かべた。藪中の手に指先が触れた瞬間だった。

「――っ!?」

全身に電流が駆け抜けた。触れ合った箇所から一気に伝わってきたのだ。

大きく肩をビクつかせた私は、思わず手を引っ込める。藪中も同じ感覚に襲われたのだろうか。彼も自らの掌をジッと凝視していた。

今のは一体何だと、逸《はや》る鼓動を落ち着かせながら、今の現象に説明を付ける。

「……静電気が走りましたね。冬のせいで空気が乾燥しているのでしょう。乾燥肌体質なものでして、すみませんでした」

藪中も納得した様子で言う。

「こちらこそすみません。改めまして、よろしくお願い致します」

再び差し出された手を私は恐る恐る握り返した。

電流は走らなかった。互いの体温が仄かに伝わる。

大きな手だ。私の手など、簡単に覆い隠されてしまう。

「よかったです。もう静電気は走らないようですね……」

藪中が優しげに目を細める。

皮膚のピリつきはなくなったが、体奥には得体の知れない痺れが残っていた。

「…………」

無言で握手を交わす私を、藪中はマジマジと見つめる。突き刺さる眼差しは、どこか情熱的だった。

この目は、無理だ……。

胸騒ぎを覚えた私は握手を解こうと指先の力を抜いた。しかし——。

「——っ、あの？」

離して欲しいと視線で訴えても、藪中は手を離そうとしない。重なり合った掌が次第に汗ばみはじめた。

次は肘を引いてみる。それでも手は解けない。しかも強く握り返された。

「そっか、クールビューティーか……うん、確かに」

小さな声で藪中が独りごちる。

「……はい？」

聞き取れないと、小首を傾げて尋ね返した。

「いえ……あの、高城さんが、とても綺麗で、つい見入ってしまいました」

気障《きざ》ったらしい台詞を口にしながら、藪中は頬を微《かす》かに紅潮させた。

「…………」

何をどう返せばいいのかと、私は絶句する。

吐き気がしそうだ——。

行き過ぎた嫌悪感が胸やけを引き起した。ここまでくると、もうアルファアレルギーだと、視線を落とした時——。

「——ひ……っ」

思わず息を呑んで次に悲鳴を上げた。

握り合った手から新たな刺激が駆けた為だ。

藪中が、私の手の甲を親指で優しく撫でたのだ。質感を確かめるような動きに、全身の肌が粟立《あわだ》った。

「ちょっと……！」

さっきから何のつもりだと、手を払いのけようとしても、藪中の言葉に動きは阻止される。

「俺、昨年の春に大学を卒業したばかりですから、まだ世間知らずなところがあって……特に遺伝子工学は大学で齧《かじ》った程度です。この出会いを機に、高城さんからも是非、色々教えて頂きたいです」

「は、はぁ……」

どうでもいいから早く手を解放して欲しいと辟易《へきえき》したところで、重苦しい嘆息が耳に届いた。

「何を言っているんだ、藪中君」

矢木だった。

「彼から何も教わる必要はない。君は私の研究室で存分に勉強したらいいんだ」

ゆっくりとした動きでソファから立ち上がった矢木は私を一瞥《いちべつ》する。

「……化学界のホープかどうかは知らないが、あんな研究論文は戯言《たわごと》にすぎんよ」

「……なんですって？」

聞き捨てならないと、眉根を寄せた私は、矢木へと詰め寄ろうとする。藪中の手がここで離れた。

「矢木室長、戯言とは一体どういう意味です？」

挑戦的な瞳を矢木へと向けた。

「わからないのか？　そのままの意味だよ。高城副室長の個人的見解ばかりが謳われた論文だったと言いたいんだよ」

バカにしたように鼻を鳴らされる。

「私の見解ばかり……ですか？」

敢えて聞き返した。お前の言い分を聞いてやろうといった意を込めて。

案の定、矢木は自論を展開しはじめる。

「あぁ、そうだ。特に最後の締め括《くく》りの部分だ。あんなのは到底、誰からも理解されないと思うがね」

「最後の？　オメガ性についての事ですか？　何か

御不満な点でも？」

そこまで不愉快な内容だったかと、矢木へと疑問をぶつけた。

「不満もクソもあるか。『彼らにも人権がある。時代錯誤な差別をするのではなく、オメガ性が、より生きやすくする為に、特効薬や抑制剤の改良提案を世界に発信していきたい。そして三種の性が皆平等に暮らせる事を切に願う』だったか？ それこそ時代錯誤だよ」

一字一句たりとも間違えずに披露された。覚えている辺りが、また厭味《いやみ》だ。

矢木の侮蔑《ぶべつ》がヒートアップしていく。

「オメガなんて下等な性は、子供を孕んで産めばいい。それで充分なんだよ。この不妊社会に貢献出来るだけ有り難いと思って欲しいものだ。ただでさえ、役立たずの性なんだからな」

こいつ、どうしようもないな。

苛立ちが募る。

矢木は元々差別意識の強い人間だが、言っていい事と悪い事がある。それすら区別のつかない低レベルな男だ。

自信満々に矢木は語る。

「不妊大国である日本において、オメガにはある意味頑張ってもらわねばならないしね。私の研究にも、やっと光が見えてきたよ」

「……！」

嫌な鼓動が鳴った。

矢木の研究、それはそれは悍《おぞ》ましい内容だ。

宮本室長のアルファ特有精子を探し出す研究とはまた違い、オメガ男性に焦点をあてている。

他の二性との間に子を孕み、更に高確率でオメガからアルファを産ませるにはどうしたらいいか。そんなテーマに基づいた研究だった。出産率アップの為ならば女でなくてもいい。使えるものは何でも使うべきだ。矢木はそんな考えを持っている。

オメガを人間生産機にでもするつもりだろうかと、

私の中で憤《いきどお》りが強まった。

実験内容の詳細は知らないが、矢木の研究には被験者となるオメガが必須だ。要は人体実験だ。

人体実験自体は化学界全体であまり推奨されていない。それでも矢木はお咎《とが》めなしだ。彼を援護する人間が理生研には多く存在するからだ。冴嶋センター長をはじめ、重鎮幹部らと繋がりが深く、更に研究費の恩恵も受けている。

日本理生研は、その古びた体質が仇《あだ》となり化学の分野で遅れを取っていた。世界水準を下回る。

化学機構も日本理生研の現状を嘆いているが、国際的な協定からか、国を跨《また》いでの介入はあまり出来ない。日本理生研は自分達の利益優先で、やりたい放題というわけだ。

矢木はその全てをわかった上で研究に取り組み、副センター長にまで伸し上がろうとしている。

もし今回、矢木の研究が宮本室長よりも先に成果を上げたとしよう。理生研全体が本格的に矢木を副センター長に推《お》すべく動くとなると、酷く厄介な事だ。

センター長や副センター長も含めて、理生研幹部となる人物は概《おおむ》ね、政府が人事決定を下す事にはなっているが、理生研の推薦イコール、ほぼ決定とされている。

理生研幹部と矢木をこれ以上好きにさせてはならない。私の心に警鐘が鳴る。

オメガを悲しい性にしたくない。研究の道具に使うなんてもってのほかだと、矢木を睨んだ。

「高城副室長、ここで忠告しておいてやろう」

何をだと視線のみで返事をした。

「その若さで、天狗《てんぐ》になってはいけないよ。君の土俵は日本だからね。いくら海外で認められても、まず自国で結果を出さないといけない」

「…………」

天狗になっているのは何処のどいつだと言いたいが、黙して堪《こら》えた。

大した努力もせず、理生研幹部に媚び諂《へつら》って室長の座を手に入れた矢木は、実力で世界に名を馳《は》せる宮本室長とは雲泥《うんでい》の差だと言ってやりたい。

喉まで出かかった言葉を飲み込みながら、震える手をグッと握り締めた。

「まぁまぁ、いいじゃないか！」

明るい声が私と矢木の険悪な空気を一掃する。

宮本室長が割って入ってきたのだ。和《なご》ませようとしているのだろう。

しかし、矢木は矛先《ほこさき》を宮本室長へと向けた。

「宮本室長はわかっているんだろうな？　いくら部下が海外で功績を認められたからと言って、今回の研究審査には一切関係ないからな！」

明らかな嫉妬《しっと》があった。焦りも見えた。

審査に関係ないとはいえ、研究室全体の評価には繋がるからだ。

「わかっているよ。確かに高城君は優秀で、僕も鼻が高い」

宮本室長が過剰な褒めで私を持ち上げる。

「矢木室長には何だか申し訳ないと思っていてね。そちらの副室長が提出した論文も一応最終選考に残ってたけど、あれこそ世迷《よまよ》い言だったね。何で最終まで残ったんだろう？　不思議でならないよ」

「何だと？」

矢木の声色が変わった。眉間には深い皺が刻まれていた。

それでも宮本室長は煽《あお》り続ける。

「もしかして……理生研の幹部さん、選考委員さんにお金出しちゃった？　なーんてね」

爆弾級の厭味が投下された。

嫌なところをちゃっかりと突いている。これは宮本室長の得意技だ。飄々《ひょうひょう》としているようで、切る所はバッサリと切る。

「君ねぇ、とんでもなく失礼だよ！」

図星だったのか、矢木がいきり立った。

「仕方ないよ。高城君を選ぶのは必然だ。だって彼は僕の右腕だ。レベルの低い、どこかの副室長と一緒にされちゃあ困るなぁ」

笑い声を上げる宮本室長であったが、その瞳には怒りを孕んでいた。

差別や偏見を嫌い、尚且《なおか》つ正義漢の彼だ。矢木の発言を聞き流せなかったのだろう。

「いい気になるなよ！　この日本理生研を担うのはお前なんかじゃないっ！」

沸点の低い矢木が怒号を飛ばした。

宮本室長は怯まない。

「視野が狭いんだよ、矢木室長。遺伝子化学は世界レベルで見ないと。日本レベルじゃいつまで経っても何も広がらないよ」

勿論、そんな正論は矢木に伝わるはずもない。憎悪に満ちた目を宮本室長へと向けていた。

「宮本、今のうちだからな。お前なんて、この理生研に……いや、日本に必要ないんだ」

余程悔しいのか、宮本室長の存在すら認めたくないと、歪《ゆが》む表情が物語っていた。

矢木は口撃を止めない。

「精々研究に勤《いそ》しむといい。こちらも藪中グループ様の全力バックアップの下、研究を続けさせてもらうとするよ。そうだね、藪中君？」

藪中へと媚びるように同意を求めた。

「……父がこの場にいませんので、何とも言えませんが、グループ的には理生研全体の研究に興味がありますので、協力は視野に入れていますよ」

困ったような笑みを浮かべる藪中からは完全なるイエスは発せられなかった。言葉を慎重に選んでいるといったところだ。

やはりそうかと、私の予感は的中する。

化学研究には、薬品などを取り扱う企業がバックにつくと何かとやりやすい。矢木自ら藪中グループに取り入り、協力要請したのだろう。推測の域だが、可能性は高い。

いい展開ではない。焦燥《しょうそう》感を抱きながら、矢木の狙いを見抜いた。

わざわざ藪中を引き連れ、研究室を訪れたのは、宮本室長に対する牽制《けんせい》であり、宣戦布告だ。

小賢《こざか》しいやり方だと、私は矢木という男を心底軽蔑した。

宮本室長と矢木の二人は、無言のまま対峙《たいじ》する。このまま論戦が続くのだろうかと、張り詰めた空気が漂う中、矢木が退室を決めた。

「いつまでもこんなところに用はない。私達はこれで失礼するよ」

無礼な態度を取られても、宮本室長は調子を崩さない。

「はいはい、ご丁寧にありがとう。藪中さん、ご足労ありがとうね」

矢木を適当にあしらいながら、藪中へは友好的な態度を取った。

とっとと出て行け。この無能野郎――。

扉へと向かう矢木にナイフさながらの鋭い視線を突き刺した。

その時だ。

矢木の後ろを歩いていた藪中が唐突に振り返ったのだ。大股で距離を詰めてきたかと思うと、彼は私の首筋へと顔を寄せた。

「っ……え?」

突然の行動に私は戸惑った。

藪中がスンと鼻を鳴らし匂いを嗅ぐ。吐息が薄い皮膚に触れた。

「――っ!?」

焼けつく肌の感覚に、私は軽い目眩《めまい》を引き起こした。

「やっぱりそうだ。高城さんだ」

「ちょっと、何ですかいきなり……!」

ひとりでに納得する藪中から一歩下がり、距離を取った。

「この研究室、最初に入った時からいい香りがしていて……その香りは高城さんからだって事がわかりました」

「――！」

まさか、私がオメガだと気付いた――？

有り得ないと、考えはすぐに打ち消した。

アルファはオメガの匂いに酷く敏感だと聞くが、発情を迎えている事が前提だ。未発情の私に香りなどないはずだ。

藪中が問う。

「それって香水ですか？　それともボディクリームか何かですか？」

「……最近シャンプーを変えましてて」

適当な嘘を並べた。

シャンプーなど変えていない。私は無臭無添加派だ。では何の匂いを彼はキャッチしたのか。

「へぇ、シャンプーですか。拘《こだわ》りとかあるんですか？」

「特にないですけど……」

どうしてか首筋が熱い。吐息がかかった箇所へと指先を這わせながら答えた。

「じゃあ今度、新作のシャンプーをプレゼントします。この春にうちの社から発売予定の物ですけど、お近づきのしるしに。高城さんとは仲良くしたいですし」

仲良くなんて出来るわけないだろうと、私は無言を貫いたが……。

視線が外せない――。

藪中がずっと私を見ている。絡み合う眼差しが、心すら奪いにかかる五感の全てが騒ぎ出す気配……これは、私の奥底に眠る本能だろうかと、目の前のアルファを、じっと見つめた。

「またゆっくりお話でもしましょうね。失礼します」

若い笑顔を弾けさせた藪中が、先に去った矢木を追いかけ退室した。

足音が遠ざかる。

何だ、この感じ――。

私は体内を巡る感覚に困惑していた。

藪中の存在に触発されたかのように、血や細胞、その全てが騒ぎ出していた。

＊＊＊

冬の凍《い》てつく空気は、晴れの日であっても容赦なく体の熱を奪う。

今朝の通勤時は、あまりの寒さに震え上がったほどだ。随分《ずいぶん》と体を冷やしてしまった。

冷え症体質の私には辛い。四肢の末端は朝から冷たいままだ。

今日の昼食は温かいものがいい。毎日利用する所内食堂のメニューは、エビ天うどんに決定だ。

今は、その昼食タイムだ。

食堂には所員達の姿が多くあった。昼食を摂《と》りながら、談笑し合う声があちこちから聞こえてくる。

私は窓際の席にいた。

食卓の上には待ちに待ったエビ天うどんと……。

「高城さんのうどん美味しそうですね。俺もそれにすればよかった」

目の前には、最高に男前で、最高に苦手な男が向かい合わせで座っていた。

そう、藪中路成だ。

彼はここのところ毎日、昼食を一緒にしてくる。しかも私の許可は取っていない。勝手に同席するのだ。

藪中が昼食に選んだのはオムライスだった。

ケチャップの酸味がかった匂いが、うどんの湯気と混ざり合っていた。

「でね、高城さん。俺、学生の頃からずっとバスケをしてたんです。大学に進学してからは趣味程度でしたけど、時々仲間と集まってプレイして、ストレスを発散しているんです。あのゴールを決める瞬間が最高で！」

「…………」

「父が今、藪中グループの為に勉強しろって煩《うるさ》いですから、最近はバスケをする時間も確保出来なくて。たまには、思い切り体を動かしたいって思っているんですよね」

「………」

「ところで高城さんは何かスポーツとかされていました？」

その質問に、私はうどんを啜《すす》りながら、藪中を見《み》遣《や》った。

しかし立ち上る湯気のせい眼鏡が曇ってしまう。彼の顔が一瞬霞《かす》みがかった。このまま一生見たくもないと願っても、レンズは徐々にクリアになる。瞳に映り込んできたのは、やはり厭味なほどに整った顔だ。

藪中は当たり障りのない話を意気揚々と喋ってくる。今日は学生時代にやっていたスポーツについてだが、私は殆ど右から左に聞き流していた。

出会った時から比べると、彼の口調は少し砕けた敬語に変わっている。

距離感を縮めているつもりだろうが、親密な仲になったとは認識していない。

最近の若者は、相手が年上であってもいつの間にか口調が変わる。敬語であって敬語でない。これも時代なのか、藪中との歳の差を感じていた。

「……スポーツには興味ないので」

そう答えた後、出汁《だし》の効いた温かい汁《つゆ》を飲んだ。

美味しい。美味しいはずなのに、少しも味を楽しめない。

藪中の所為だ。彼が近くにいるだけで落ち着かない。

藪中が昼食のたびに、私の下を訪れるようになったのは、初めて挨拶《あいさつ》を交わした翌日からだった――。

あの日も今と同じ席に座り、カツ丼を食べていた。

あと少しで食べ終えようとしていた時だ。

藪中が颯爽《さっそう》と食堂に現れたのだ。

その瞬間、周りが一気にザワついたのは言うまでもない。

　藪中グループの御曹司で、しかもアルファの男がこの理生研に社会勉強に来ている事は、所員全員が知っている。本人を目にしたのは、この時が初めてだというメンバーもいた。

　藪中を見た途端、女子所員や食堂を切り盛りする女性達が黄色い歓声を上げた。男達は羨望や劣等感を交えた眼差しを送っていた。

　藪中の存在感が食堂を沸かせる。

　しかし当の彼は気にも留めない。誰かを探しているのか、視線をキョロキョロと動かしていた。

　そして私を発見した途端、整った顔を大きく綻《ほころ》ばせた彼は早足でやって来た。

「探しましたよ、高城さん！」と――。

　探す理由がわからない。私は怪訝な表情を向けた。

「これ、どうぞ。昨日言っていた新しいシャンプーのサンプル品です。お渡しするって約束していましたし」

　彼は小さいミニボトルサイズのシャンプーを手渡してきた。

「わざわざここまで渡しに来たのですか？　別によかったのに……」

　正直なところ、そこまで欲しいものでもない。

「研究室に行きましたら高城さんなら、いつも食堂でお昼を摂っているからと宮本室長から聞いて……来ちゃいました」

　藪中が椅子を引く。私の前に座った。

　宮本室長も余計な事をする。

　内心で悪態をつきながらも、私は愛想笑いを返した。

「そうでしたか。ありがとうございます。早速使わせて頂きます。でも、わざわざここまで来なくとも、宮本室長に渡して下さっていたら、来る手間も省けたでしょうに」

　せっかくの昼食が不味《まず》くなるだろうと、心中で文句を垂れた。お前となんか会いたくないと言葉裏に隠したのだ。

するとも藪中が、たどたどしい物言いをする。

「あ、いや……直接お渡ししたかったのと、俺は高城さんに、お会いしたかったですから……」

「——は？」

低い声を発していた。

こっちはこれっぽっちも会いたくないというのに、何を言い出すのかと頬を引き攣《つ》らせた。

それとは対照的に、藪中は、柔らかく微笑む。

「だってこんなに綺麗な人、今までお会いした事もないですし……それに高城さんとはもっと話をして仲良くなりたくて。理生研の事とか色々教えて頂きたいです」

藪中の頬が仄かに染まる。

そこにはどんな感情があるのかなんて、知りたくもないが、おそらく私の嫌悪と真逆に、少なからず彼から気に入られたという事なのだろう。

冗談じゃない。

アルファとなんて死んでも仲良くなりたくない。

出来れば今生《こんじょう》で一度も関わりたくない性種だ。

それなのに……どうしてこうなっている？

「…………」

つい一週間半ほど前の出来事を思い出しては、気分を落とした。

その日を境に、藪中は毎日昼食時間になると現れ、席を共にする。まるで懐いた犬、しかも大型犬だ。

そしてくだらない話を一人で喋っては楽しそうにしている。

「まぁ確かに、高城さんがスポーツをするイメージはないかなぁ……」

腕を組んだ藪中が、空を軽く仰いだ。喉仏がシャツの襟から覗く。

男らしい部位だ。何となしに注目していると、彼は満面の笑みで「どうしました？」と首を傾げた。

やはり二十代の若人《わこうど》なのか、三十路の自分からしたら、その笑顔はとても輝いて見える。

まだ完全には成熟していないのが初々《ういうい》しい。あと数年を経たら、確実に大人の表情へと変貌しているのだろうと、そんな年寄りじみた事を思いながら、私は彼から瞳を逸らした。

若いとはいえ、藪中は年齢の割には、雄《おとこ》の顔立ちをしている。

モデル並みともいえる完璧なバランスだ。いや、その上を行く。

きっと今まで出会った誰もが彼の虜《とりこ》になってきた事だろう。

アルファ特有のオーラは勿論の事、柔らかな表情の中で、時折覗く鋭利な雰囲気。それがまた高貴な印象を与える。

これはあくまで見た目だけの話で、藪中には意外なところもあった。

アルファであるにもかかわらず、彼は誰に対しても優しく、横柄《おうへい》な態度は見せない。逆に謙虚だ。

彼の人となりは所内でも噂になっていた。

『藪中さんってアルファだから、とっつきにくいって思ってたけど、実はお話しするとフレンドリーなんですよね。間近で見たらホント格好良かった！』

『私も思ってた！　私がオメガだったら、絶対番になりたいって立候補してる！』

そんな女子所員達の会話を、今日廊下で聞いたばかりだ。

しかし聞き捨てならない。

何が『番』になりたいだ。気持ちの悪い。あんなのはアルファの性奴隷だ。

そんな台詞は自分達がオメガじゃないから言えるんだろう。私が一人で不快感を滲ませていると……。

「ところで高城さん、現在交際している人っていますす？」

「――は？」

思いもかけない質問に箸《はし》が止まる。

「ですから、お付き合いしている人ですよ。いますか？」

「それを聞いてどうするのです？　藪中さんに関係ないでしょう」

愚問だと切り捨てた。

最後に取って置いたエビの天ぷらを齧った。衣《ころも》がサクサクしている。うどんも全て食べ切り、汁も残さず飲むと、満腹となった。

「いいじゃないですか、教えてくれたって。大人の色恋、俺にも教えて下さいよ」

藪中が頬杖をつき、私の顔を下から覗き込む。

私は空になった器をトレイの上に置き、静かに彼の方を見た。

「……色恋には興味ありません。大体、アルファの貴方の方が、そっちの方面は詳しいはずでは？　おモテになるでしょう？　ベータの私と違って」

「……まぁ、そうですね。確かにモテますよ」

頬杖を解いた藪中が腕組みのスタイルを取った。

自慢気だった。やっぱりこの男は、どこまでいってもアルファだ。一瞬でも謙虚さを認めた事を私は恥じた。

彼は流暢《りゅうちょう》に語る。

「アルファってだけで、色目を使うベータ女性や、媚び寄ってくるオメガも今まで何人かいましたね。オメガと出会う機会は少ないですけど、彼等は必ず出会った途端に甘い匂いを漂わせて、擦り寄ってきますよ。盛ったようにね」

気に障る言い方だ。アルファならではの視点で、オメガを見下げている。そう感じた。

「……へぇ、だったら選び放題じゃないですか。よかったですね」

強い語気で吐き捨てた。

「でも――」

彼は寂しげに視線を伏せ、小さく言った。

「……それは、本当の俺を全然見ていない」

「――え？」

どういう意味だろうかと、目を瞠《みは》ったが――。

「いや、いいんです。確かに選び放題ですから」

笑ってはぐらかされた。

「……羨ましい限りですね」

羨ましいなんて嘘だ。本心ではない。

私自身、恋愛には全く興味がない。

そんな事をしている暇があったら、研究に時間を割《さ》きたいからだ。

「本当にそう思います？　でも高城さんはそれだけの美貌だ。実は凄くモテるでしょう？　男女問わずに」

「へ、変な事を言わないで下さい！」

どういう意味だと声を荒らげた。

男性であってもオメガであれば性の対象は決まっていない。しかしベータやアルファは少し違ってくる。あくまでも、オメガの発情フェロモンにあてられるだけだ。

同性愛者なら話は別だが、基本的に男女で結婚し、子を成す事が多い。

最近では同性婚を認める動きも活発だ。自治体によってはパートナーとして認める条令も施行されているが、世間の目はまだまだ厳しい。

これがオメガの男性なら話は変わる。

理由は簡単明解。妊娠が可能だからだ。

アルファが番としてオメガを選ぶ場合、特に性別は問わない。彼等はとにかくオメガという性に性的興奮を感じてしまう為、たとえ同性であっても性交に抵抗がないと聞く。

アルファの女性はもっと特殊だ。

彼女達はオメガ性への耐性が強い。たとえオメガが目の前で発情したとしても、自我を保つ事が出来る。

研究結果として、彼女達は女性として妊娠を望む傾向が強く、恋愛関係に至ったアルファやベータ男性と結婚するケースが多い。

結論的に言うと、オメガが最も注意すべき性は、藪中のようなアルファの男だ。

男女問わずにって何だ。今の質問の意味を掘り下げた。

男性からも性的対象とされているとでも言いたいのか？

ぞっと鳥肌が立った。

「私の事はもういいでしょう。大体何なのです。毎日昼食を一緒にしてきて……約束した覚えなんてありませんよ」

鬱陶《うっとう》しげに恋愛話を打ち切った。

藪中と接すれば接するほど、血が騒いでいた。

それは日毎《ひごと》に増している気がする。

「高城さん冷たいなぁ。流石《さすが》クールビューティーですね。まぁ、そこがいいんだけど……」

「貴方ね、人の話を聞いてます？」

「はい、聞いてます。そうだ、高城さん。今度一緒に食事でもどうです？　いいワインが揃ってる店を知っていて……」

やはり聞いていないじゃないかと、目を瞑《つむ》り、無言を貫いた。

誘いは続く。

「人気店でなかなか予約が取れないけど、藪中グループとも繋がりが深いんです。料理長とも知り合いで……あ、高城さん!?」

話途中で私は席を立った。

しつこい誘いに立ち去るべきだと判断し、トレイを持つ。

「行きません。お酒は弱いので遠慮します。どうせなら、貴方の事で色めき立つ、女性所員達の誰かと行ったらどうです？　選び放題ですし、男の私なんかより、さぞかし面白いでしょう」

「俺は、高城さんと行きたいから誘っているんです」

間髪《かんはつ》容《い》れずに返ってきた。引くつもりがないのか、その甘いマスクで誘惑する。男前だと自覚しての事だろう。

気に食わないと、眉尻を撥《は》ね上げた。

「昼休憩も終わりますので、失礼します」

感情を抑え込み、彼に背を向けた。

「ちょっと待って下さいっ！」

席を立つ音と共に藪中が呼び止めた。

「もうっ、何なのです――っ!?」

苛立ちを隠せず振り向いた瞬間、息が止まった。

瞳いっぱいに藪中の顔が映ったからだ。不意打ちとも思える近距離に、私の体はフリーズしてしまう。

そんな私に彼は腕を差し伸べる。指先は私の襟足を搦《から》め捕《と》った。

「――っ、何して……」

毛先がチリチリと焼けるようだと、半歩身を引いた。指はすぐに離れた。

「よかった。ちゃんと使ってくれてる。あのシャンプーの香りがします」

「あ……えっと」

口籠った。使っているのは事実だった。

昨夜の事だ。入浴前にシャンプーが切れている事に気付き、仕方なく使用した。

「うん、いい感じです。手触りもいいし、また今度差し上げます。でも――」

藪中がクスリと笑う。意味深だった。

「……？」

「やっぱり高城さんから、いい匂いがしますね」

「――っ！」

ドクンと大きな鼓動が突き抜けた。

最初からシャンプーではないと彼は、わかっているのではないか。

「シャンプーはもう要らないです。それに私は、香りの強いものが苦手です」

冷静さを装って、その場を去った。

返却口にトレイを置いた後、急ぎ足で食堂を出る。これでは逃げているみたいだと、プライドが傷ついていた。

やっぱり藪中なんて、アルファなんて大嫌いだ！

心での罵倒《ばとう》が止まらなかった。

藪中とは極力関わらないでおこう。そう固く胸に誓っていた。

「高城君、なんだか苛々《いらいら》しているね。一体どうしたの？」

藪中との昼食を終えた昼下がりの研究室。

窓際の席にいる宮本室長が、苛々の原因を尋ねてきた。彼の手には、いつものグラビア雑誌があった。

「いいえ、何でもないです。私は至って普通です」

ノートパソコンでデータ入力しながら淡々と答えた。しかしキーボードを叩く音は大きく、指先は感情に正直だった。

「嘘ぉ？　お昼から、ずっと眉間に皺が寄ってるよ。せっかくの美人さんが勿体無《もったいな》いなぁ」

雑誌を捲りながら彼は言う。鼻の下が伸び切っていた。

「そんな事はどうでもいいんで、早く資料に目を通して判子下さい。でないと、その美織《みおり》ちゃんという三流のグラビアアイドルの特集雑誌、今すぐ燃やします」

眼鏡を光らせると、宮本室長が慌てた。

「コラッ、物騒な事は止めてくれたまえ！　家では見られないから、ここで見ているんだ！　僕の楽しみを取ら――」

「だったら仕事をしてからにして下さい」

取らないでと訴えられる前に、ピシャリと言い放った。宮本室長は渋々といった様子で、雑誌を閉じた。ようやく仕事をする気になったようだ。

「あ〜どれ？　これに目通すの？　たくさんあり過ぎ〜高城君ってば仕事の頑張り過ぎ〜」

ボヤく彼をほぼ無視し、私は追い込むようにしてデータの打ち込みを続けた。

神経がピリピリする。さっきからずっとこうだ。

下唇を噛みながら、気持ちを鎮めようとする。昼食後から、体内を巡る微かな痺れがずっと収まらないのだ。

『――やっぱり高城さんから、いい匂いがしますね』

藪中の言葉が何度も頭の中でリフレインする。

彼は何を嗅ぎ取ったのだろう。

やはり、オメガの香りだろうか——？

「……冗談じゃない。そんな事あってたまるか」

無意識にそう呟いた。

「高城君、何か言った？」

「いえ、何もありません。この後、新しい提供者からの精子を調べにかかりますけど、よろしいでしょうか？」

「そんなに急ぐ事はないんだよ？　ゆっくりじっくり、慌てず確実に……」

「何を言っているんですかっ！」

宮本室長の呑気な態度が、とうとう私の激情に火を点《つ》けた。

「ひっ！　び、びっくりしたぁ……こ、怖いなぁ！」

「いい加減に本腰入れて下さいよ！　早く結果を出さないと、矢木室長に先を越されます！　それだけは絶対にあってはならないです！」


焦っていた。思うような結果が出ない事に。

様々な事を試みた。精子に対して思いつくだけの刺激、作用、薬品を用いても、特異な種は姿を見せない。

デリケートな精子を扱うのも一苦労だ。薬品も慎重に選ばないとすぐに死に絶える。神経が磨《す》り減る毎日であった。

「まぁまぁ、高城君落ち着いて。何か甘いものでも食べようか。はい、黒蜜飴」

焦燥感を募らせる私とは正反対に、宮本室長は悠然としていた。

私は席を立って、宮本室長の傍《そば》へ寄り、差し出された飴を受け取る。小袋を開け、黒色で円系の飴を口へと放った。

甘くて、美味しい。

蜜の味が瞬時に広がり、疲弊《ひへい》した脳が甘味という刺激で覚醒《かくせい》した。

疲れた時には甘いものがいい。その説はあながち外れてはいないのだろう。

飴を味わっていたところで、宮本室長が破顔《はがん》する。

「な、何ですか？」

飴一つで機嫌が直ったとでも思われているのかもしれない。

宮本室長は言う。

「君が焦る気持ちもわかるよ。矢木の研究が進むとオメガにとってはあまり……よろしくない」

「だったら……！」

両方の拳《こぶし》に力を入れる。

「でも、それに気持ちを振り回されては駄目だ。出る結果も出ない。こういう時こそ心、大らかにだよ」

諭《さと》す口調であった。

「………」

何も言い返せなかった。

「高城君、やっぱりいつもと様子が違うよ。どんな時にも冷静な君なのに……この前だってそうだ。矢木の挑発に乗せられちゃいけない」

「……はい、すみません」

痛いところを突かれ、反省した。

矢木の研究がどこまで進んでいるのかは気になる。しかし、この情緒の乱れの原因は――。

『俺は、高城さんと行きたいから誘っているんです』

また藪中の声だ。

考えるなと首を何度も横に振る。

それでも藪中の存在は鮮烈だ。出会ってからというもの、藪中路成は私の心に張りついてくるのだ。

「そういえば最近、藪中さんと仲が良いみたいだね」

「……えっ」

内面を見透かされたのかと、顔を上げた。

「毎日お昼を一緒に食べているって聞いたよ。よかったじゃないか。気の合う友人が出来て……高城君って友達少なかったでしょ？」

何気に失礼な台詞だが、友人の件については否定出来ない。実際、少ない。

宮本室長が腰を上げ、窓へと向かう。日差しを浴びながら、外の景色を眺めていた。

私は彼の背に向けて言った。

「気なんて、合うはずないでしょう。冗談は止めて下さい。私はアルファなんて大嫌いですし、第一彼は矢木の一味じゃないですか」

「またまた大袈裟《おおげさ》な言い方だねぇ。まぁ、アルファを警戒する気持ちは、わからないでもないけど」

振り返った宮本室長が白衣のポケットを漁《あさ》った。

「………？」

何を取り出すのかと、待ち構える、彼の手には、掌サイズの茶色のビンがあった。錠剤が透けて見える。何かの薬のようだ。宮本室長はそのビンを何故か私へと手渡した。

「これは、一体……？」

ビンに貼られたラベルを目にした途端、私は驚くままに瞳を震わせた。「ヒート」との英字が記されていたからだ。

「宮本室長、これは……！」

「発情抑制剤だ。君にあげよう」

「あげるって……」

渡す理由は一つしかないと神経を尖らせた。

来《きた》るべき発情に備えておくように、そう聞こえたからだ。

「こんなもの必要ありません。発情も訪れていないし、私の場合、年齢的に考えても今後発情する可能性は低いかと……」

口早に受け取りを拒否した。

「そうとは言い切れないよ。発情する可能性はゼロじゃない。だって君は……オメガだ」

「――っ」

考えを撥ね返された。

年齢的にも、と告げたのには意味がある。

オメガの発情ピークは出産適齢期である二十八歳から三十歳までとされている。

それ以降、フェロモンの分泌は緩やかに降下していく。

現在私は三十歳だ。

このまま一生発情が訪れない可能性もある。いや、訪れて欲しくない。

割り切ったと言いつつも、やはりどこかで期待してしまう。出来れば一生、未発情のまま、生きたいと思ってしまう。

「実はそれ、最近アメリカで開発された新しいタイプの抑制剤なんだよ。まだ試験段階だけど、効き目は強力だ」

「——新しい？」

よくよくビンを見た。ラベルの右下には見た事もないマークが刻印されていた。

「手に入れるのが難しくてね。伝手《つて》を使わせてもらったよ」

「もしかして、日本では無認可の薬ですか？」

問い掛けると、宮本室長がペロリと舌を覗かせた。

その通りなのだと私は解釈する。

「高城君の為を思うと、是非とも手に入れたくてね。


「私の為って……？」

「とにかく絶対に他者の手に渡らないように。見つかった場合、一発アウトだ」

一発アウト……規則違反だ。

無認可の薬を所持、使用となると、日本化学法に触れる。下手をすれば警察の世話になる。

強力な抑制剤を前に、私は困惑を覗かせた。

「宮本室長。三十を過ぎたオメガは出産適齢期を過ぎているので、フェロモンは徐々に減っていく……その考えは間違いではないですよね？」

確認するように言った。

「あぁ、そうだよ。確かにフェロモンの分泌は若干減少していくけど、発情期がなくなるわけではない。君の場合は特異体質だから、正直、予測不可能だ。時限爆弾を抱えていると思っていい」

宮本室長の表情が曇った。

「時限爆弾ですって？　さっきから回りくどいですよ。言いたい事があるならハッキリ仰って下さい」

詰め寄り問い質《ただ》した。

宮本室長は小さな嘆息を漏らした後、机の引き出しを開けて、一冊の雑誌を取り出した。

それは、アメリカで発刊されている遺伝子工学誌だった。

表紙に記された号表記から、ごく最近に発刊されたものだとわかった。

「論文に記載されている内容は数年前の出来事らしい。付箋《ふせん》があるところを開いて読んでみてくれる?」

宮本室長が雑誌を手渡した。

「……?」

私は無言で指定されたページを開いた。全文英語だ。並べられた文字を頭の中で和訳しながら読み進める。

論文タイトルは『Ω・ｎｅｗ　ｔｙｐｅ』……オメガ新種だ。

「――……、――……」

視線で文字を追いながら、慎重に訳していく。


内容は至って普通だ。オメガの性質が事細かに書かれていた。どれも知識としてあった。

しかし、ある事例が目に留まり、私の心に衝撃が走った。

『そのオメガの青年は十六歳を迎えても未発情であった。一見はベータのようだ。そんな彼が何の前触れもなく突然発情したのは二十八歳の頃。発情平均年齢を大きく上回っていた』

「……これって」

小さな声を落としていた。雑誌を持つ手が微かに震える。体質が似ている……そう直感した。

私は食い入るようにして続きを読み進めた。

『突然発情した原因は、現在も調査段階だが、一つ判明している事がある。未発情の反動なのか、発情時、彼の体からは、想像を絶するくらいの強烈なフェロモンが分泌された――』

想像を絶するだって?

そんな事があるのかと、身震いした。

論文の最終部分へと移る。

『彼は他のオメガより強いヒート状態だった。おそらくそれも反動の一つだろう。何故、彼のようなオメガが誕生したのか、現時点では明らかになっていない。各国で調査を行った結果、個体数は少ないものの、存在しているという報告があった。我々は引き続き『三種の性』の研究を特別チームのもとで行っていく。今は亡き彼への、せめてもの弔いとして――』

「今は……亡き?」

理解が追いつかない。声が頼りなく震えた。

このオメガの彼と私が一緒の体質という可能性が高いという事を突きつけられたからだ。

「……これって、どういう事です？　彼は、亡くなったのですかっ？　どうして!?」

宮本室長へと疑問をぶつけた。

「……あまりいい話ではないが、聞くかい？」

「これを見せておいて、それはないでしょう。真実を教えて下さい」

私は汗ばんだ手で雑誌を強く握り締めた。

「……そのオメガの彼が急に発情したのは、ある夜……若者達が集うようなクラブだったと聞いている」

「クラブ？　そんなところで……」

「そこにはベータばかりで、アルファは一人もいなかったと報告を受けている。彼が普通のオメガなら何も問題はなかったのかもしれない」

「普通の？　どういう意味ですか？」

今一つ解《げ》せないと眉を顰めていると、一呼吸置いた宮本室長が残酷な言葉を口にする。

「――強姦されたんだよ。その場にいたベータの男全員に」

「全員!?　嘘でしょう！　オメガのフェロモンは確かにベータをも惑わせますけど、そこまでの事になるなんて……！」

理性が働くはずだと、口にする事なくハッとした。

まさかと、論文内容を思い出す。

『想像を絶するくらいの強烈なフェロモンが分泌された――』

「察しの通りだよ。彼のフェロモンは凄まじかったらしい。ベータをも惑わすほどに」

「その一件で彼は亡くなったのですか？　強姦された後……もしかして、殺された……!?」

体の芯から冷える感覚が襲った。

彼の心情を思うと、悲しくて悔しくて、やるせなくて、いよいよ体は本格的に震えを起こした。

「いや、殺されてはいない」

「じゃあ一体……」

「強姦された後、彼は自ら病院に赴《おもむ》き、治療を受けたらしい。でも……やっぱり耐え切れなかったんだろうね。心も体も傷ついた彼は、その数ヵ月後に自死した」

「――ッ！」

ヒュッと喉奥が鳴った。

自死した？

いや、違う。このオメガの彼は……。

「……結局、殺されたようなものじゃないですか！」

叫ぶように言った。沸々と湧くのは怒りだ。

他人事に思えなかった。自分にも起こり得ると、警告を受けたようだと。

だからこそ、宮本室長は抑制剤を私に渡した。しかも無認可の薬だ。広い人脈を持つとは言え、入手する事は容易ではなかったはずだ。しかもハイリスクだ。どうしてそこまでと、私は揺れる瞳を送った。

「大切な部下でもあり、右腕の君を、万が一の事で失いたくないからね。僕なりのお節介だ……迷惑だったかな？」

「迷惑だなんて……」

むしろ申し訳ないくらいだと、彼の慈悲が沁みた。

「君は、オメガだって事を絶対に忘れちゃいけない。備えておいた方がいい。高城君がニュータイプのオメガかどうかは正直わからない。このまま一生、発情しないかもしれない。でも、念には念を……だよ」

「念には念を……」

俯《うつむ》き復唱した。警戒心を持てとの忠告だろう。

だとすれば、今後藪中との接触も控えた方がいい。

私にとっては一番危険な性だ。そう気持ちを引き締めたが、宮本室長は違った意見を持っていた。

「だからと言って、アルファを極端に避けなくていい。藪中さんとは、このままいい友達関係を築いてくれたまえ」

「言っている事が少し違いますよ。気をつけろって意味じゃないんですか？　それに彼は友達なんかじゃありません」

関係を否定しては矛盾を突いた。

「違う事はないよ。彼はまだ若いけど優秀だ。研究で得た知識を共有し合っても損はない。性別の垣根を越えた繋がりも大切だからね」

「……まぁ、そうですけど」

差別を嫌う、彼らしい発言であった。

「一つ気になったのは、藪中さんの態度だよ。あの時の彼、君の首筋に鼻を寄せたよね？　もしかしてオメガの匂いに気付いたのかなぁ。だとしたら、それって本能的な嗅覚《きゅうかく》だろうねぇ」

あの時……初めて出会った日だ。宮本室長も気掛かりだったようだ。確かに不自然過ぎる行動だった。

「藪中さんは君がベータだと信じたまま？　大丈夫？」

「はい。私がオメガだなんて夢にも思わないでしょう」

「ははっ、そうか。じゃあ単純に好かれているんだろうね。惚れられたのかな？」

「……止めて下さい」

本日何度目かの睨みを利かせた。流石にまずい冗談だと思ったのか、宮本室長の顔が真面目なものに変わる。

「さっきは辛い話を聞かせてしまったね。申し訳なかった……」

腰を折り謝られた。私は首を横に振った。彼が謝る必要なんて何処にもないからだ。

「君の耳には入れておくべきだと思った。亡くなった彼の細胞や血液で研究は進行中だ。向こうの研究所には随時報告を頼んであるからね」

「……色々と、お気遣いありがとうございます」

自分自身を知りたいと、宮本室長に縋った入所時に思いを馳せた。

あれから今現在に至るまで、彼は私を理解し、親身になってくれる。解明しようとしてくれているのだ。

間違いない。宮本室長こそが化学界を担うべき人物だ。

「この抑制剤は、即効性ですか？」

受け取った瓶をもう一度確認する。

「そうだね。効くと聞いている。少しでも体に異変を感じたら飲んだ方がいい。早めに自分の身を守って欲しい」

私は静かに頷いた。

＊＊＊

言葉に重みがあった。宮本室長も論文に掲載された事件に対して複雑な心境なのだろう。

私はこれからどうなるのだろうか？

計り知れない不安が憂鬱さを呼んだ。

オメガだと知った学生時代の記憶が否《いや》でも甦《よみがえ》ってくる――。

もう考えるなと私は固く目を瞑った。優先すべき事がある。それは研究だ。

「……そろそろ職務を再開します」

「おぉ、真面目だね！　いよっ、研究者の鑑《かがみ》」

「そういうのはいいんで、宮本室長も早く仕事に戻って下さい」

厳しく言った後、私は隣室へと移動した。凍結保存された精子を取りに行く為だ。

一刻も早く成果を上げなくては。

その決意が、今の私を奮《ふる》い立たせていた。

業務終了後、いつものメトロを使い自宅アパートの最寄り駅に降り立った。

帰宅ラッシュの時間帯という事もあり、ホームは多くの人で溢れ返っていた。人の流れに乗って私は地上へと出る。

眼鏡に反射するのは煌《きら》びやかな街の光りだ。疲れ目には辛いと、俯き加減で人混みの中を黙々と進む。

街路樹が並ぶ大通りは賑《にぎ》わいを見せ、軒を連ねるショップも華やかな雰囲気だ。等間隔に設置された街灯の全てに、ピンク色の幕が垂れ下がっていた。可愛らしいハートが散りばめられている。

あの日が近い。女性達が年に一度、心ときめく一大イベント、バレンタインデーだ。

その経済効果は抜群だ。今年も企業の作戦に、世の女性達は踊らされるというわけだ。

今日は一月の最終日。あと二週間もすればチョコレートが大量消費される。

くだらない。私はバレンタインなんて大嫌いだ。存在しなくていいと思うイベント、ナンバーワンだ。

足早に自宅へと向かう中、脳裏には、あの研究論文の事が過っていた。

心が締めつけられた。不幸にも亡くなった彼の事を思うと、祈りを捧げる事しか出来ない。

亡くなった彼と同じ体質かもしれない……どうやっても不安は濃くなるばかりだ。

今年の夏に私は三十一歳になる。発情は訪れないだろうと油断していた部分もあった。それが一気に覆《くつがえ》されたのだ。

突然の発情という危機感まで孕んで。

「……突然」

ふと足を止めた。ベージュのトレンチコートの裾が揺れる。私はポケットに忍ばせたピンをギュッと握り締めた。

発情を迎えた時、この抑制剤は効力を大いに発揮するのだろう。

例えば、今ここで発情したとしよう。

強烈でいて大量のフェロモンを撒き散らす事を前提にだ。

「――――っ！」

全身が竦《すく》んだ。行き交う人達の靴音が妙に大きく聞こえた。擦れ違う男性全員が、フェロモンにあてられると想像しただけで、凄まじい恐怖だった。

「弱気になるな……」

暗示をかけた。

何を怖がる必要があると。今更発情に怯えても、どうにもならない。日々の仕事に真摯《しんし》に取り組み、前を見据えて堂々と歩くしかない。

恐怖と不安の狭間《はざま》で希望があった。

この体質の謎が明らかになるかもしれないといった期待だ。

『……いいか、誉。決して自分を見下げるなよ。絶対に人生を諦めるなよ』

『そうよ。大丈夫……一緒に頑張って生きていきましょう』

『人生誉れ高くあれだぞ、誉……』

亡き両親の言葉が脳裏に響いた。

それが引き金となったのか、過去の記憶がフラッシュバックし、弾けた。

あれは、病院で生体検査を行った日の帰り道の事だ。

高校に入学したばかりの時期だった。桜の花びらが、ほんの少しだけ残っていた。

葉桜に変わりつつある公園の並木路を三人で並んで歩いた、麗《うら》らかな春の日だった。

天気とは裏腹に、私達家族三人は終始無言だった。

両親はさぞかし気落ちした事だろう。自分達の子供がオメガだったのだ。決して楽な生き方は出来ないと知っているからこそだ。

両親の落胆を目の当たりにしたのは辛かった。そして絶望した。

オメガの生体については既《すで》に学校の授業で学んで

いた。近い将来に必ず訪れる発情期が怖かった。

仕事も限定され、私生活も発情に振り回され、最悪の場合、アルファに縋って生きていくのかと。

人生を諦めた時に、父が先の言葉を口にしたのだ。母も優しい笑みを浮かべながら私を抱き締めた。

その腕は微かに震えていたが、母としての慈愛に満ち溢れていた。オメガの子と生きていく……両親の覚悟があった。

世間から忌《いま》わしい存在と言われ、社会的地位も、立場も低いオメガが、自分達の息子である事を一切恥じず、私という人間を尊重し守ってくれた。

しかし、いつまで経っても発情期は訪れなかった。不思議がった両親は、何かの病気ではと、日々心配を募らせていた。

理生研への入所が決まった頃、私は初めて両親に打ち明けた。宮本室長の下へ行き、この体の謎を解明したいと。入所試験時、ベータと偽ったとも告白した。怒られると覚悟したが、両親の反応は違った。

どこまでも味方だと、何があっても一緒に責任を取ると言ってくれた。

その矢先の事だった。

大学四年生の冬に二人共亡くなったのだ。それも一瞬にして……交通事故だった。

結婚記念日がバレンタインデーだった二人は、その夜、揃って食事に出かけた。思い出のレストランでディナーといった毎年お決まりのコースだった。

母は黒のワンピースを着用していた。お気に入りだと楽しそうに微笑んでは、鏡の前で姿をチェックしていた。そんな母に「似合っているよ」と、スーツ姿の父が優しく声を掛けていた。歳を重ねても仲睦まじい両親は私の自慢でもあった。幸せだった。

「いってらっしゃい。楽しんできて」と、私は玄関先で二人を笑顔で見送った。

事故はレストランでの食事を終えた帰宅時に起こった。

父の運転する車に、センターラインを大きく飛び越えた大型トラックが正面衝突してきたのだ。

事故の連絡を受け、急いで病院へと駆けつけると、すぐに霊安室に通された。目に飛び込んできたのは、ストレッチャーの上に安置された両親の遺体だった。

搬送後、処置も虚しく二人はすぐに息を引き取ったのだと説明を受けた。

車の損傷は原形を留めないほど激しかったと聞くが、両親の顔は綺麗だった。まるで静かに眠っているような表情だ。実は生きているのではないか。けれど掌で触れた頰は冷たい。死という現実を突きつけられた私は、大声を上げ、泣き崩れた。

精一杯の愛情を注いでくれた優しい両親が死んだ。これからどう生きていけばいいのか……途方もない悲しみが押し寄せ慟哭《どうこく》するものの、次第に頭は冷静さを取り戻す。

そうだ、両親をちゃんと見送らなければ……それがせめてもの親孝行だと、悲嘆に暮れるのを我慢した。

両親が亡くなった事で一番煩《わずら》わしかったのは、保険金や遺産の件で親族達がしゃしゃり出てきた事だ。

父はベータながらも大手企業の部長補佐、母は介護職に従事していた。蓄《たくわ》えはあった。それも全て私の為に遺《のこ》してくれた財産だ。

父と母は大恋愛の末、周囲の反対を押し切って結婚した。その為、親族とは長く疎遠であったが、何も知らせないわけにはいかないと、今まで会った事もない祖父母宅に連絡を入れた。

親族達は飛んでやってきた。涙を零《こぼ》し悲しむ素振りを見せながらも、徐々に本性が現れ出した。

家族葬形式で、静かに両親を送り出したかったのに、斎場では私の伯父にあたる、父の兄と母の兄が醜《みにく》い言い争いをしていた。勿論、金銭関係だ。

『大体、こっちとしては妹を勝手に奪われたようなもんですよ。両親は娘を取られ、寂しい思いをしてきたんです。それなりの事を求めるのは筋でしょう！』

母の兄が感情を露《あらわ》にした。

『何をバカな事を……弟は誑《たぶら》かされたんです。良家のお嬢さんとの結婚が決まっていたのに……あろう事か、あんたの妹が既成事実を作って結婚を迫ったのですよ。恥を知れ！』

父方の伯父は激しく憤っていた。

既成事実……母は結婚する前に私を身籠っていたと、初めて知った。

財産相続人は実子である私だ。しかし、金の亡者と化した人間はそんな判断すら出来ないようだ。

私の心を踏み躙《にじ》るような醜い言い争いは、両親の遺体が骨に変わるまで延々と続いた。

以降、両家の親族とは一切連絡を絶った。金輪際《こんりんざい》関わらないと決めた私は、大学卒業に合わせて住み慣れた家を出た。通勤圏内のマンションへと移り住む事にしたのだ。

住人を失った実家は、今現在もひっそりと存在している。以前は月に一度、様子を見に帰っていたが、研究の忙しさに追われ、半年ほど行けず終《じま》いだ。

母の花壇は今頃雑草だらけだろう。父が作った木製のデッキも朽《く》ち果てているに違いない。

時は確実に過ぎ去っていく。両親と過ごした日々は二度と還《かえ》ってこないのだ。帰るたびに、その現実を目の当たりにする……私は独りなのだ。

家族の存在をどれだけ渇望しても、どうしようもない。

不出来なオメガである以上、誰とも生きる道などない。

いや、それでいい。独りの方がいっそ気楽だ。父と母との思い出を抱き締めながら生きていく。それだけで充分だ。だから独りでいい。

「あ……」

気がつけば、アパート前に到着していた。

久々に感傷的になってしまったと、寂寞《せきばく》感に苛《さいな》まれた。これはきっと命日であるバレンタインデーがあの論文の内容、亡き両親、そして……。

『俺は、高城さんと行きたいから誘っているんです』

藪中路成も原因の一つだ。

「全く……冗談じゃない」

どれだけ邪険に扱っても、愛想悪く振る舞っても、藪中は堪《こた》える様子を全く見せない。嫌われているという自覚が見受けられなかった。

いい加減にしろと罵倒したいところだが、感情的になればなるほど、相手のペースに乗せられてしまうだけだ。

オメガだと悟られないようにして、冷静にあしらうのが一番の得策だ。藪中が、理生研を去る日までの我慢だと、靴を脱いだ。

ゆったりとした足取りでダイニングキッチンへと向かう。テレビ前のソファに脱いだコートを投げ置いた。

余程疲れていたのか、睡魔が襲う。私はソファへと倒れるように横たわった。

近いからだ。

だから嫌いなんだ、バレンタインなんてと、古びたコンクリートの階段を昇る。

三階建てで、こぢんまりとしたこのアパートは築三十年で老朽化が進んでいた。年々、退去する住人も増え、私を含めて現在は六室ほどしか入居していない。

確かに古いが、便利な立地にある。理生研からも通いやすい距離だ。住居に拘りがない私にとっては、文句もなければ、今後引っ越す予定もない。

私の部屋は二階の角に位置している。

古い蛍光灯に照らされた薄暗い廊下を進み、部屋に向かった。スチール式の玄関ドアへと鍵を差し込み、ドアノブを回す。

「……疲れた」

帰宅した途端、疲労感がどっと押し寄せた。扉を後ろ手に閉めながら、腹の底から長い息を吐いた。

感情の忙しさに参っていた。

食事もまだだ。着替えも終わっていない。せめてシャワーだけでも……そう思っても体は動かない。

何とか眼鏡だけを外し、サイドテーブルへと置いた。

裸眼時の視力は実はそれほど悪くない。

眼鏡をかけるのには理由がある。目立つ容貌だとわかっているだけに、極力素顔を晒《さら》したくなかった。

『やっぱり高城さんから、いい匂いがしますね』

またしても、藪中の言葉が過った。

優しくも、男の魅力に溢れた声だったと、私は瞼を閉じる。

彼は明日も昼食の席を一緒にしてくるのだろうか。くだらない事を延々と語り、私の感情を揺さ振って来るのだろうか。

「……いい匂い……か」

無意識に呟いた後、私は眠りの世界へ意識を手放した。

白昼堂々の告白

数日後の朝の事だ。

衝撃的な噂が飛び込んできた。

それを聞きつけた私は研究室を飛び出し、ある場所へと足を運んだ。行き先は、所内一階の南側に位置する、総合事務局だ。

総合事務局とは、理生研の庶務全般を担っており、各研究室の管理も行う部署だ。まさに頭脳部とも言えよう。

事務局前に到着するや否や、私は扉を開け放った。革靴を鳴らして一直線に向かうのは、ある人物の元だ。

足音に気付いたのだろう。私の姿を目にした男が、驚いた表情で席を立った。この彼に、私は会いに来たのだ。噂の真相を知る為に。

「神原《かんばら》さん！　所内の噂は本当ですか⁉」

「おはよう高城。やっぱり来たなぁ……」

「おはようございます！　で、どうなんですか？」

「あぁ、本当らしいよ。化学環境省が昨日事務局に連絡してきた」

そう話すのは、同期入所の神原憲太《けんた》という男だ。

その身長は高く、体育会系の立派な体軀をしている。髪は爽やかなスポーツ刈りだ。

男らしく骨ばった輪郭《りんかく》に、くっきりとした二重が特徴的な彼は、間違いなく男前に分類されるだろう。

神原はベータでありながらも優秀な男だ。彼なしではこの事務局は回らないと言っても過言ではない。

そんな神原は人がいいのか、私の事を何かと気にかけてくれ、事務的な仕事では幾度となく助けられてきた。

仕事終わりには何度も食事を共にし、これからの理生研や化学界について語り合ってきた仲だ。

そんな神原は、現在事務局の課長補佐をしており、将来有望でもある。

噂の真相を聞くには打って付けの相手なのだ。

彼も私の第一声で、何を聞きたいのか理解している様子であった。

衝撃走る……正にそうだった。

理生研を管轄する化学環境省で、大臣を務める国政与党の大物政治家が、矢木が手掛ける研究の必要性を政府に強く訴えていくといった事だった。

要するに矢木は、薬品会社として化学界とも繋がり深い藪中グループに加え、政府をも後ろ盾にしたという事となる。

宮本室長に不利を呼ぶ状況だ。

信じられなかった。

何故、そこまで矢木が買われるのか理解出来なかった。

裏で何かが働いている。汚い金が動いていると、私は矢木を強く疑った。

しかし優先順位を間違ってはいけない。闇雲に考えを探るより、研究を急ぎ進め、結果を突き付ける以外にない。それこそ、政府や理生研を頷かせる結果だ。

「神原さん、事務局はどんな様子です？」

小声で尋ねた。

「ちょっと、こっち来い」

「あっ……」

神原が私の腕を引き、事務局の外に連れ出した。

廊下の隅へと移動する。周囲を警戒してか、身を屈《かが》めた彼が私の耳元で囁いた。

「事務局も何で矢木室長って感じだ。とは言っても宮本室長推しの少数メンバーだけだけど」

神原が重い溜息をついた。

事務局内部は管理職も含めて矢木派が多い。それを憂いての事だろう。

「高城、宮本室長の研究は進んでる？」

「まだあまり……というか全然です」

結果を出すと息巻きながらも、現状は変わらずだ。死ぬほど情けない。

「そっか……宮本室長の研究も注目度は高いけど、

矢木を推すのは、あの井ノ崎《いのさき》大臣だからなぁ。冴嶋センター長の口添えもあったみたいだぜ」

「井ノ崎……」

その男こそが国政与党の議員で、厚生省大臣を務める人物だ。

黒い噂が絶えず、政界のドンとも言われている。

本当に腐った世界だ。政治も、理生研も……この世の中も。

悔しさで拳を強く握っていると、神原が再び聞いてくる。

「宮本室長は何て言ってる？」

「……それが呑気なもので『矢木室長やるねぇ～』とか言って笑っていましたよ」

噂を聞いてもビクともしないのが逆に腹立たしい。彼のような能天気さが自分にも欲しいくらいだと、私は呆れ顔をして見せた。

「ある意味余裕なんじゃないの？」

「余裕と言うか、宮本室長は研究さえ出来たらそれで満足ですから」

「ははっ、確かに。でもそこが宮本室長のいいところじゃねぇ？」

「そうですけど、もっと野心を持っていいと思います」

肩を落とした。このままで大丈夫なのだろうかと、不安が大きくなっていた。

「まぁ、なんだ……あんまり根詰めるなよ？」

慰めているのだろう。神原が私の肩へと手を置いた。

「でも、悠長にはしてられません。矢木室長が副センター長になり、理生研の上層部となると、正直厄介です」

「それをわかっている人間は、理生研には少ないからなぁ……」

理生研の現状をよく知る神原だ。彼もまた、悔しそうに顔を歪めていた。

「とにかく早く結果を出します」

焦って落ち込むより、まず行動だ。

「高城、一つだけ言っておくけど……」

神原が神妙な面持ちをした。

「何です?」

「今は矢木室長をあんまり刺激しない方がいい。あの人、かなり高城を意識してるだろうから」

「……どういう意味です?」

「あの論文だよ。矢木室長の中では、今までヒヨッ子だと思っていた高城が確実に力をつけてきていると知ったんだ。自分を脅かす存在になるかもしれない……そんな危機感を持ってる」

「矢木から見て一番の脅威は宮本室長ですよ。私の事は生意気な若造程度にしか思っていないでしょう」

そう言う私に神原は続けた。

「矢木室長の狙いは、今回の研究で宮本室長を本格的に追いやる事だろ?」

「……でしょうね」

そうだろうと相槌《あいづち》を打った。

「だからだよ。宮本室長を守ろうとする高城が、第二の脅威になるかもしれないって事だ。今回、高城がどう動くかを常に意識している気がする。何をしてくるかわからないから、気をつけた方がいい……」

神原が心配気に眉を下げた。

今までの矢木は宮本室長を一方的にライバル視していただけだ。

政府をはじめ、理生研の幹部勢が矢木に味方をしても、海外の名高い化学者達は、宮本室長を高く評価している。矢木なんて眼中にもないのだ。

しかし、あくまで宮本室長の土俵は私利私欲に塗れた、この日本理生研だ。

日本の古い体質こそが、宮本室長の国内での飛躍を邪魔しているのだ。いくら海外が宮本秀作氏と謳い称賛しても、島国日本は受け入れない。

それがただただ悔しかった。

研究結果をもって彼の存在を誇示しなければならない。

矢木はそれをわかっている。だからこそ権力という武器を振りかざし、いよいよ攻撃してきたというわけだ。

そんな事があってたまるか。

私は矢木の野望を断固として打ち破る決意を持った。

「……御心配ありがとうございます。でも、足を止めるわけにはいきませんから」

「高城の研究熱心さには心打たれるよ。でも本当に矢木室長には用心した方がいい。新たな動きがあればすぐに知らせるから」

「感謝します」

「……っ」

双眸を細めて微笑むと、神原が豆鉄砲を食らったような顔をした。

「何です？」

「いや、高城の笑顔って貴重だなぁって思っただけ」

「何ですかそれ？　私も人並みに笑いますよ」

「うーん……俺の記憶を探る限り、高城は人並みには笑ってないよ」

「失礼ですね。人を表情のない人形みたいに」

ついムッとした。

「ははっ、悪気はねぇよ。そうだ、今度久々に食事でも行こう。駅前に美味いイタリアンが新しくオープンしたんだ。好きだろ？　イタリアン」

「いいですね。行きましょう」

快く誘いに乗った。

神原と話すのは嫌ではないし、事務局課長補佐の彼とは末長く仲良くしたいところだ。

利用するつもりはない。私は友人として彼に好意を持っている。

「じゃあ俺、そろそろ戻るよ。また連絡する」

「わかりました。ありがとうございます」

神原は急ぎ足で事務局へと戻っていた。

さて、これからどうしようかと。私は腕を組みながら研究室へと戻り始める。

今までのように闇雲に精子を調べるだけでは駄目だ。しかし調べなければ何も始まらない。

何かないだろうか。もっと特異な精子を持つような人物を研究対象にしなくてはいけない。例えば、アルファ中のアルファ……。

「……あ」

脳裏に有り得ない人物の顔が過った。

藪中路成だ。

バカな事を……藪中《あいつ》は矢木の研究室にいる身だ。本当に有り得ない。思い立った事を恥じた。

しかし、彼のような最上級のアルファが他にいるだろうか。

世界総人口の一割に満たないアルファだ。

今まで調べてきた精子の中にもアルファのものがあったが、それといって特徴は見られなかった。

もしかして、この研究自体、目の付けどころが違うのかもしれない。そう思ったところで、考えを改めた。

宮本室長が提案した研究内容を否定してどうするのだと。

早く戻ろう。新たに入手した精子があると、取り掛かる実験内容を頭の中でシミュレートし、俯き加減で歩き進んでいると……。

「あっ……！」

ドンと、肩に衝撃が走った。誰かとぶつかってしまったようだ。

「す、すみません！　少し考え事をしていて……」

衝突した相手を大して確認もせず謝罪を口にした。

「君、駄目じゃないか。ちゃんと前を向いて歩かないと」

「————っ！」

届いた声にゾクリとした。緊張が走った。この男はと、私は驚いた表情を向けた。

「何だ？　人の顔を見てそんなに驚いて。ぶつかっておいて失礼だぞ」

その驚きようが気に食わなかったのか、白衣を身に纏った長身の男が強い不快感を私に向けた。

「さ、冴嶋センター長……」

そう、体をぶつけた相手とは、この理生研のトップでもある冴嶋忠行だったからだ。

昨年、四十という若さでセンター長の座に就いた冴嶋は、アルファのオーラを威圧的に放っていた。

高身長の冴嶋は、白髪一本見受けられない黒髪をオールバックに風に整えている。広い額もまた印象的だ。

渋さを兼ね備えた美中年であるが、吊り上がった目は鋭利で、酷く冷たい印象を与える。

私は初めて冴嶋を見た時から、どうもこの目が苦手だった。

何の人情味も感じない、全てを見下したこの目……怖いくらいだ。

冴嶋と会う機会は滅多《めった》になかった。

全体会議や、定期的に行われる朝礼時に遠くから眺めるだけの存在だった。

苦手意識が強く生じるのは、やはりアルファだからだろう。

しまったと、私は唇を小さく噛んだ。もっと周辺に気を配るべきだった。考えに耽《ふけ》っていた事を後悔したところで、冴嶋が眦《まなじり》をピクリと動かす。

「……ん？　あぁ、もしかして君は宮本室長のところの？」

胸元のネームプレートを確認したのだろう。

「はい、高城誉と申します。先程はぶつかってしまい大変申し訳ございませんでした」

挨拶と合わせて謝罪する。頭を深く下げた。

「宮本の研究はどうだ？　それなりに経費がかかっているんだからな。しっかり成果を上げてくれよ」

「はい。研究室メンバー一同、全力で取り組んでおります」

裏で色々画策して動いている男が、何を言うのかと、喉から込み上げる想いを押し止めては謙虚な姿勢を貫いた。

「とにかく結果が出ないのなら早い事見切りをつけろ。政府の研究要請とはいえ、理生研への助成金は限られているんだ。無駄遣いだけはしないでくれ」

吐き散らした冴嶋が、腰を深く折る私の傍を横切った。上質な革靴が廊下を鳴らす。そんな耳障りな足音が、ある程度、遠くなるまで頭を下げ続けた。

アルファだか何だか知らないが、傲慢なあの態度――。

「……だから、アルファなんて大嫌いなんだ」

頭を上げる。

遠ざかる冴嶋の背を睨んでは、嫌悪する感情を隠さずにストレートな言葉を投げた。

＊＊＊

「――今日はカレーなんですね」

昼休憩、いつもの食堂でビーフカレーを黙々と食べていると頭上から声がした。

声の主など見なくてもわかる。

私は視線をカレーに落としたままスプーンを動かした。

ガタリと向かいの椅子が動く。着席したようだ。

「俺も今日はカレーです」

思った通りだ。目の前には藪中路成がいた。

「……どうも、お疲れ様です」

社交辞令的に挨拶すると、藪中は嬉しそうに顔を綻ばせた。

「高城さんも、お疲れ様です」

藪中はそう返した後、白衣のポケットを探る。取り出されたのは掌サイズの白いボトルだった。彼はそれをテーブルの上に置いた。

「……？」

「これ、会社の無添加のボディソープです。最近発売したばかりで、売れ行き好調なんですよ」

「……それで？」

「サンプル品ですけど差し上げます。使い心地がよかったら言って下さい。特別に限定版をプレゼントします」

くれる理由がわからない。第一頼んでいない。

「……要りません」

私はそう言って突き放した。

「えぇ？　香りの強いものが苦手なんですよね？　言っていたじゃないですか」

数日前、匂いを嗅がれ咄嗟《とっさ》にそう言い返したが、何でわざわざと、鬱陶しげに眉を顰めた。

私は今、酷く不機嫌だった。

矢木の件に加えて、冴嶋との接触。藪中の顔なんて正直見たくもなかった。

「貰う理由がありません。結構です」

キッパリと断りを入れ、カレーを急いで食べ進めた。

「俺が高城さんにあげたいと思って、勝手にしている事です。はい、どうぞ」

藪中はボトルをトレイの傍へと置いた。

「……次からは要りませんので」

無下《むげ》には出来なかった。

受け取る意思を伝えると、藪中は満足気に微笑んだ。その笑顔は年相応で無邪気だ。

彼は普段、落ち着き払った表情をしているが、笑うとまた雰囲気が変わる。私もつられてしまったのか、つい口元を緩めた。

「――っ……」

目を瞠った藪中が私を凝視する。

「何ですか？」

笑みを消し、頬を引き締めた。

「だって、あまりにも笑顔が素敵でしたから……」

「…………」

反吐がでるほど、気障ったらしい台詞だ。

男の私に向けても意味がないだろう。どうせならその辺の女性研究員達に言ってやれと、呆れた。

「……高城さん、そう言えば研究の方は順調ですか？」

「――！」

何を話題にするのかと、一瞬カッとなったが、そこは堪えた。

今朝の噂は彼の耳にも入っているだろう。矢木の下で研究をしている身で、こちらの状況を窺《うかが》うとは、何とも腹立たしい。宮本室長と矢木がいい関係を築いていない事など、既に知っているはずだ。

「あ、変な意味はありませんから。そんなに怖い顔をしないで下さい。ただ、どうなのかなって純粋な疑問で……」

「既に勝った気ですか？」

「――え？」

「化学環境省の件、知っているでしょう」

藪中を睨み見据えた。彼はビクともしない。それどころか、クッと口角を上げげた。嘲笑《あざわら》われているようだった。さっきの無邪気さなど、これっぽっちもなかった。

やはりこの男は他の性を見下げている。そう感じてならない。どちらが彼の本性なのかも、全くわからない。とことん読めない男だ――。

「勿論知っていますよ。今朝から矢木室長が舞い上がって、研究室は大騒ぎですから」

「それは、おめでたい事で……」

厭味かと、苛立たしさが募った。

「でも正直なところを言うと、矢木室長の研究より、宮本室長の研究の方が、はるかに興味深いですけどね」

「……え？」

今度は私が目を見開いた。

「意外ですか？　まぁ、そうでしょうね。矢木室長の下にいますから。でも、元々は宮本室長を希望していたんですよ」

「だったら何故……」

「大人の事情ってやつですね。父も理生研幹部と繋がりを持っていますし……俺の希望は一応伝えましたけど、通りませんでした」

思った以上に理生研と藪中グループの関係性は深いらしい。

彼は言う。

「矢木室長より宮本室長の方が世界的にも認められていますしね。日本の化学界は終わっていますから。私利私欲を持たず、純粋に研究を愛し、正義感に溢れる宮本室長の存在は、権力者達からしたら疎《うと》ましいのかもしれませんね」

まるで私の気持ちを代弁する物言いだ。実は真っ当な考えの持ち主なのかもしれないと、藪中を見直そうとしたが……。

駄目だ、油断するな。

瞬時にバリアを張った。

「高城さんも素晴らしい研究者ですし、藪中グループとしても本当は宮本室長を応援したいところで……」

「……でも結局は矢木室長なのですね」

彼の言葉を遮る形で口にした。


「え……？」

聞き取れなかったのだろう。尋ね返した藪中に、私は何でもありませんと、首を横に振った。

「……そうだ、高城さん！　突然ですけど今夜、空いてます？」

「空いてません」

間を置かずに断った。

「うわぁ、即答ですね」

困り気な口振りだが、その顔はにこやかだ。むしろ面白そうだ。

「美味しい河豚《ふぐ》料理専門店があるんです。今朝そこのオーナーからいい食材が入ったって連絡があって、是非一緒にどうですか？」

彼はめげずに誘い続けてきた。

「お断りします」

「事務局の神原さんの誘いは受けるのに？」

「……盗み聞きですか？　たちが悪いですよ」

もしかして、会話の内容全てを聞かれていたのだろうか？

　藪中に対する不信感が一気に大きくなった。

「偶々《たまたま》ですよ、偶々。その部分しか聞いてません」

　両手を大きく振って否定する藪中だが、今一つ信じられない。

「…………」

　疑いの眼差しを向けた。そんな私を藪中は熱を秘めた瞳で誘いかける。

「ねっ、どうですか？　一度だけでも一緒に食事しませんか？　俺、高城さんの事もっと知りたい」

「――っ！」

　何と言う声だろうか。響くトーンが心臓をグッと掴みにかかった。

「わ、私は知りたく……ありません」

　喉から声を振り絞った。

「高城さんがそうでも俺は知りたいんです。だって……」

　藪中が徐《おもむろ》に手を伸ばして、スプーンを握る私の右手を撫で触れてきた。

「――な、何を……っ！」

　振り払おうとしたが、咄嗟に握られ、そのまま手を引っ張られた。テーブルを挟んだ状態で、藪中との距離が一気に縮まった。

　視線が近い――。

　情熱を孕んだ双眸が目前にあった。眼鏡越しに見る瞳が鼓動を逸らせていく――。

「……だって、高城さんみたいに魅力的で、素敵な人に出会った事はないですから」

「……っ！」

　最高の口説き文句に鼓膜が振動した。

　あの電流が駆け巡る。このままでは全身が痺れて麻痺しそうだと、私は掴まれた手を思い切り振り払ってやった。

「止めて下さい。私は……アルファが大嫌いなんです」

　アルファへの嫌悪を率直にぶつけた。

藪中は無言だった。

真っ直ぐな眼差しを私に向けていた。柔らかな瞳の奥には鋭さが存在していた。アルファとしての支配欲があった。それに従ってしまうのが、きっとオメガなのだろう。取り込まれそうだ――。

「……っ！」

もう無理だ！

頭の中で大きな警戒音が鳴った。私は椅子を蹴る勢いで立ち上がった。

「高城さん。たった一度でいいんです。一緒に過ごす時間が欲しいんです」

それでも藪中は諦めずに時間の共有を求める。

「いい加減にして下さい！　どうしてそんなにも私にしつこく……っ」

そうだ。ここまで付き纏われ、気に入られる理由が見当たらない。特別優しくしたつもりもない。それどころか、こんなにも拒否する姿勢を毅然《きぜん》と示している。それなのに何故彼は、私を好くのか――。


「どうやら俺、初めて会った時から高城さんの事が好きみたいです」

「え？　あぁ、好きみたい――って、えっ!?」

今、何て……？

驚愕の眼差しを向けた。完全に思考はストップしていた。

「きっと一目惚れです」

「――は!?」

「あれ、聞こえませんでしたか？　もう一度最初から言いましょうか？」

藪中は爽やかに笑う。

「っ……いいです！　言わなくていいです！　冗談じゃありませんっ！」

赤面しながら大声を張り上げた。周囲の騒《ざわ》めきが止む。昼食を楽しんでいた所員達が、何事かといった風に視線を注いできた。

しまったと、手で口を押さえた。注目されては面倒だと、食事もそこそこにトレイを持ってその場を離れた。しかし……。

「――っ！」

　数歩踏み出したところで動きが止まる。強い力で腕を摑まれた。藪中の大きな手だった。

「料理店の住所です。今夜八時、ここで待っていますから」

　背後からの囁きが耳元の髪を揺らした。

　藪中がメモらしき紙切れを、私の白衣のポケットへと忍ばせる。

　行くと思っているのか？

　アルファの自信が行動に溢れ返っている。心底気に食わない。

「行くわけがないでしょう。もう一度言います。私は……アルファなんて大嫌いです」

　振り返りもせずに、刺々《とげとげ》しく言った。摑まれていた腕をブンと振り払い、食器返却口へと向かった。

　カレーを残して申し訳ないと、調理スタッフに詫びる余裕もないまま、私は食堂を後にした。


何だ、今のは。藪中は何を私に言った？

激しく動揺しているせいか、鼓動が忙しない。

『どうやら俺、初めて会った時から高城さんの事が好きみたいです』

脳内で告白がリフレインする。

冗談じゃない……私の事が好きだって？

そんな事、絶対にあってたまるか。

『きっと一目惚れです』

それが本当なら、やはり彼は本能で、私をオメガだと感じ取っているのかもしれない。

今にも駆け出しそうになるのを懸命に堪えた私は、一歩一歩、前を見据えて歩いた。

全てを聞かなかった事にしようと――。

＊＊＊

「……今日は散々だ」

重苦しい溜息が気分を更に憂鬱にさせた。

窓外は真っ暗だ。定時を過ぎてから数時間が経過していた。

研究室にひとり残った私は、業務の最終仕上げに取り掛かっていた。

宮本室長は学会出席の為、夕方から不在だった。直帰した彼の分の仕事も黙々とこなす。

大量の書類を捌《さば》きながら、今日一日を振り返っていた。

情けない事に、研究に大きな前進は見られなかった。それも影響してか、気持ちは相当滅入《めい》っていた。

散々だと口にした原因は他にもある。

白昼堂々、藪中路成から愛の告白を受けたからだ。

「――冗談じゃない」

もう何度この言葉を吐いた事だろうか。

余計な事を考えるな。藪中の事なんて頭から追い出してやる。あんな告白は、流してしまえばいい。

私は全てを掻き消すようにして、報告日報へ判を押した。内容に漏れがないかをチェックする。

ミスはなく完璧だ。今日の業務は無事終了だと、白衣のポケットに手を忍ばせた。

指先に紙の感触が伝わった。藪中が入れたものだ。そっと取り出してみる。二つ折りにされたメモ用紙であった。開いてみると、有名料理店の名前と共に藪中の電話番号が記されてあった。彼の字だろうか。達筆だ。

『今夜八時、ここで待っていますから』

勝手に脳内再生され、咄嗟に片方の耳を掌で覆った。

「あぁ、もう！　煩わしいっ！」

藪中の存在を疎んじた。

これ以上彼と接触しない方がいい。

次は反対側のポケットを探った。

冷たくて硬い感触。宮本室長から貰った抑制剤だ。あの事件の事を聞いてから、肌身離さず持つ事にしていた。

万が一、発情が訪れた際、自分で自分の身を守るしかない。

ただでさえ、アルファ中のアルファ、藪中が私に好意を抱いていると言う……危険だ。

彼が傍にいるだけで、その存在を意識するだけで、私はオメガなのだと、まざまざと感じてしまう。

「……考えるだけ時間の無駄だ」

わかっているのに、次の瞬間には藪中の事ばかり考えてしまう。

存在に取り込まれてはいけない。彼がこの理生研から去る日をジッと待てば、通常通りの生活に戻れるのだ。

通常通りも何も、そもそも私と藪中の間には何もない。昼間の告白以外は――。

今まで通りベータとして生き振る舞う事に徹しよう。私は葛藤と恐怖の狭間で強く言い聞かせた後、帰宅の準備を始めた。

それにしても遅くなってしまった。思いに耽る間に時間が経過してしまったのか、腕時計は二十一時を指していた。

藪中は、まだ私を待っているのだろうか――？

時間は疾《と》うに過ぎている。少しばかり良心が痛むが、すぐに払った。

勝手に向こうが押しつけてきた約束だ。応える必要もない。

白衣を脱いだ私は、抑制剤を鞄《かばん》へと隠し入れた――。


研究所の敷地内から正門まで続くレンガ作りの道を歩く。冬の夜風が容赦なく体に吹きつけてきた。

道沿いに記念植樹された木々が軋《きし》み揺れる。夜の静けさに響くその音は、少し不気味だ。

寒いと一旦歩みを止めた。冷たい風を遮ろうと、コートの襟を立てた。ふと夜空を見上げると、たくさんの星が輝いていた。

あぁ、何て綺麗な星空だろうか。

感動すら覚えた。

仕事で疲れた時。見上げる星空には春夏秋冬問わず癒されてきた。その中でも星が輝きを増す冬が一番好きかもしれない。

煌めく夜空を暫し眺めたところで、再び寒風が吹き舞った。さすがに冷える。早く帰ろう。藪中も帰宅の途についているに違いないと、歩みを進めた時だ。

黒塗りの高級車が正門付近に停車している事に気付いた。ハザードは点滅していない。

助手席側と後部座席の窓はスモークガラスだ。運転席は向こうにあった。人が乗っているのかもわからない。

理生研に用事なら、そもそもこんなところに停めないだろう。来客用の駐車場が敷地裏にあるのだ。

堂々と駐車違反かと、非常識さに憤りを感じていると、運転席の扉が突然開かれた。

「――っわ……」

私は小さな驚き声を上げた。しかし誰も降りてこない。

怪訝に思いながらも、車を避けるようにして通り過ぎた。

すると、足音がアスファルトに響くのがわかった。

「……高城誉様ですね？」

「――!?」

背後から静かで落ち着いた声が届いた。

誰だと、恐る恐る後方を向く。そこには、私と同じ年頃の男性が立っていた。

仄暗い街灯に照らされた、その人は黒のスーツを身に纏っていた。手には白手袋。特に姿勢が綺麗だ。行儀の良さが身についていた。

ヘアスタイルは七三のツーブロックに整えられていた。顔の表情がよく見える。涼しげな三白眼《さんぱくがん》が映《は》えた美丈夫だ。身長も私より随分高く思える。

どうしてこの男が私の名前を知っているのだろうか。記憶を探るが面識はない。

怪しい人物の可能性もある。私は強い警戒心で男をグッと睨んだ。

しかし男は対照的だった。穏やかな表情で微笑みながら言った。

「お待ちしておりました。路成様がお待ちでございます。さぁ、どうぞお車へお乗り下さい」

胸に手をあてお辞儀《じぎ》をする姿は王宮の侍従のようだ。

いや、そんな事より、この男は今何と言った？

路成様だって？

「――は？」

全ての疑問を凝縮した一言を放った。男は表情を変えず頷く。

「さぁ、どうぞ。路成様から高城様をお迎えに上がるように仰せつかっておりますので」

「………」

納得した。要するに藪中は自分の使用人を使い、わざわざ迎えを寄こしたのだ。ふざけた事をしてくれる。

「……申し訳ありませんが、その路成様に今夜行くと言った覚えはありません。そうお伝え願えますか？」

ハッキリとした口調で断りを入れた。一刻も早く帰宅して暖を取りたいと、足を進めた。

「お待ち下さい」

「――っ!?」

腕に力が加わった。

藪中の使用人の男が、腕を掴んでいた。

「離して頂けます？」

冷ややかに睨んでも、男は態度を変えない。

「高城様、大変申し訳ございません。路成様からは何があっても連れて来るようにと、指示を受けております」

淡々と述べられた。完全なる下僕なのだろう。

男は事務的な態度で言った。

「その指示を、私《わたくし》は全うする義務がございます」

「それが何です？ 私は行かないと言っているでし

ょう」

聞くもんかと拒否したままではよかった。ここで男は豹変する。摑んでいた腕を渾身《こんしん》の力で引っ張ってきたのだ。

「――何をっ……!?」

一気にバランスが崩れ、足元がふらついた。踏ん張ろうとしたが、それは叶わない。私の体は停まっていた車の後部座席に放り込まれた。

柔らかな高級シートが衝撃を和らげたのか、痛みはなかった。しまったと即座に身を起こしたが、扉はすぐに閉められてしまう。

ロック音が鳴った。ドアノブに手をかけても、ビクともしない。内側から開かないようにされていた。

その間、僅《わず》か数秒だ。一瞬の出来事に私は茫然《ぼうぜん》としていた。

男が無言で運転席に乗り込む。

「ちょ、ちょっと！　何をしてくれているんです!?」

ずれ落ちた眼鏡の位置を戻しながら、食って掛かった。

「お静かに」

「っ――！」

白手袋をはめた掌が眼前に差し出された。私の抗議を封じるような仕草だ。抵抗するな、喋るなという意味だろう。

言葉遣いは謙虚且つ丁寧ではあるが、何も反論させない威圧感は主人にそっくりのようだ。

ここで暴れ叫んでも無意味だろう。結局は無駄な努力だと判断した私は、背凭れに体を任せた。流石高級車だ、座り心地からして違う。

「ものわかりのいい方で安心致しました。申し遅れました。私《わたくし》、路成様の運転手兼身の回りの、お世話をさせて頂いております。西野英明《にしのひであき》と申します」

西野は深く頭を下げた後、エンジンをかける。

車輌が滑らかに発進する。

「――お言葉ですが、これはある意味犯罪ですよ？　いくら主の言い付けでも常識から外れていませんか？　こんなのは拉致同然でしょう？」

　黙っていられなかった。誰が聞いても真っ当な意見だろう。

　西野がルームミラー越しに視線を合わせる。

「いえ、これは私《わたくし》の仕事でございます。路成様の命令は絶対ですので、仕事を全うするのみでございますから」

「…………」

　絶対忠誠だ。何を言っても伝わらないだろうと、私はここで諦めた。

　車はスムーズな走りで、目的地である料亭へと向かう。

　藪中路成には今一度拒否の意思を明確にしなければならない。

　大概にしろと、年上を揶揄《からか》うなと。

　煌びやかな街の灯《あか》りが差し込む車内で私は静かに瞳を閉じた。

車に乗せられ、十分ほど経過した頃だろうか。料亭に到着した。運転席から降りた西野が後部座席へと回り、扉を開ける。

「――到着致しました。どうぞ」

「…………」

促された私は無言で降り立った。

車の音を聞きつけたのか、着物姿の女性が立派な門構えから出迎えた。料亭の女将《おかみ》だろう。

「高城様、ようこそお越し下さいました。藪中様が奥の離れ座敷でお待ちです。さぁ、どうぞご案内致します」

四十代半ば頃だろうか。何とも艶っぽい女性だ。白地に金の刺繍《ししゅう》が丁寧に施された豪華な着物を着こなす姿に目を奪われた。

和装美人とはこういった女性を言うのかもしれない。結《ゆ》い上げられた髪から覗く項は細く白く、女性特有の色香があった。

女性の容姿に対して特別な感情を抱いた事はないが、純粋に美しいと心で讃嘆する。

「女将さん。私は車を駐車場に回してきますので、高城様の事、よろしくお願い致します」

「畏まりました。お疲れ様です」

運転席へと戻った西野に、女将は淑《しと》やかに微笑んだ。

西野が運転する車が裏路地へと去っていく。

この隙を狙って逃げてやろうと思ったが止めた。女将の責任問題になりかねないと、気遣った。

「さぁ、高城様。こちらへ」

「……はい」

従った私は前を歩く女将に続いた。

門を潜《くぐ》り料亭の敷地内へと足を踏み入れると、正面玄関ではなく脇道を案内された。離れ座敷用の通路なのだろう。石畳に沿って歩く事数メートル。縁側に続く段差を上がった。女将がここで草履《ぞうり》を脱ぐ。

私も倣《なら》って靴を脱ぎ、揃え置いた。

座敷へと続く廊下を進む。窓からは手入れされた日本庭園が見えた。

所々ライトアップされた、風情ある庭園は美しかった。

見事な松の木や、植物を列植した生垣、石燈籠《いしどうろう》、奥の方には池や石橋が見えた。

おそらく昼間は、また違った雰囲気の庭園が望めるのだろうと、頭に思い描く。

「この庭園は私共料亭の自慢の一つなのですよ」

庭園に心奪われた私を見透かしたように女将は上品な仕草で振り返った。

「ええ、そうでしょうね。とても風情があって美しいです。私のボキャブラリーの少なさではとても言い表せないですね。申し訳ないです」

「そんな謝らないで下さいな。少しでもお心をお慰め出来たのであれば幸いにございます」

再び歩み進めながら女将は続ける。

「今から御案内する奥座敷も、ちょうど反対側の庭園が小窓から望めます。藪中様もお気に入りの座敷なのですよ」

「……へぇ」

そうしたものを好むのには、まだ早過ぎる年齢ではないかと、口元を綻ばせながら頷く。

「こちらでございます」

女将が障子戸《しょうじ》の前で立ち止まった。

室内の灯《あか》りに、障子紙はぼんやりとした白い光に包まれている。座敷に藪中がいるとわかった。妙な緊張からか、ほんの一瞬、私は喉を詰まらせた。

「失礼致します。藪中様、高城様がお見えになりました」

正座をした女将が丁寧な作法で扉を開いた。

「あぁ、よかった高城さん！　ちゃんと来てくれたんですね」

胡坐《あぐら》をかいていた藪中が浮かれた様子で立ち上がると、私の下へとやって来た。彼の姿は、昼間とは随分雰囲気が違った。

ネクタイを外したワイシャツ。下はストライプ柄の紺のスラックスだ。白衣を脱ぐだけで、こんなにも変わるものかと、その出で立ちを一瞥した後、私は文句をぶつける。

「来てくれた？　無理やり連れて来させた……の間違いでしょう？」

苛立ちを隠さずに真実を言った。しかし、当の藪中は悪びれもせずクツクツと笑うのみだった。

「美知恵《みちえ》さん。じゃあ料理をお願いします」

「畏まりました」

美知恵、女将の名前なのだろう。

彼女は私達に深く一礼した後、廊下を引き返した。

今だと、私は藪中へと向き直る。

「……藪中さん、貴方という人は！　こんな事をして許されるとでも……わわっ！」

文句を言い切る前に、強く腕を取られた。

「とにかく座って下さい。今夜はたくさん語り合いましょう。ねっ？」

そのまま引っ張られる。

私の体は座椅子に敷かれたボリュームのある座布団へと無理やり座らされた。藪中も座卓を挟んだ席に腰を下ろす。向かい合わせとなった。彼は瞬きもせず私を見つめていた。

「——っ、ちょっと藪中さん。人の話はちゃんと聞くべきでしょう」

「はい、いくらでも聞きます」

「だったら……」

「高城さんの事、色々教えて下さい」

「だから、そういう意味ではなくて……」

駄目だ。この男、全く話が通じない。

うんざりとした私は、腹の底から重い溜息を漏らし、深く項垂《うなだ》れた。

「すみません。だって、どうしても高城さんと話がしたくて……そうだ！　日本酒は飲める口ですか？」

藪中が徳利《とっくり》を手にする。お酌《しゃく》をするというのだ。

座卓には漆塗りの盆や箸と共に、御猪口《おちょこ》が置かれてあった。

「まぁ、少しなら……」

ここまで来て断る事はもう出来ないと、私は仕方なしに御猪口を手に取った。

「美味しいんですよ、この酒。料理長が京都からわざわざ取り寄せている代物《しろもの》です」

「貴方、まだ大学を卒業したばかりでしょう。そんな高級なお酒、全然似合いませんよ」

「え、そうですか？　歳なんて関係ないと思いますけど。さぁ、どうぞ」

酒を注ぐ藪中へと視線を送った。

完璧過ぎる顔だ。

どこから見ても男前だ。アルファとは、ここまで違うのかと、私は藪中の顔を穴があくほど見つめた。

「……あ、あの、そんなにマジマジ見つめないで下さい。恥ずかしいです」

藪中は顔面どころか、耳まで赤く染めていた。


「――は？」

出会ってから恥ずかしい台詞を連発してきたのは、そっちだろうと開いた口が塞がらなかった。

「高城さん、今日もお疲れ様でした」

酒を注ぎ終えた藪中が手にした御猪口を挨拶代わりに持ち掲げると、クイッと飲み干した。私も同じ動作で一口含んだ。なかなかイける。

酒は強い方ではないが、付き合い程度なら飲める。ただ、悪酔いをしてしまうような安い酒は好まない。

久々に上質な酒を口にした。それなりに値が張るのだろう。

まだ学生のような彼が、こんな立派な料亭で飲食が出来る理由は一つだ。

彼が藪中グループの御曹司だからであり、一族絡みでここを贔屓《ひいき》にしているのだろう。女将の低姿勢からしてそう思われた。

親の脛《すね》齧りというか、七光というか……。

恵まれ過ぎた環境で育った藪中は、何一つ苦労せず、生きてきたのだろう。

ここ、高いだろうな。

自腹を切るつもりでいた。頭の中で家計を計算する。貧乏じみた事をしているが、毎月余裕があるわけでもない経済事情だ。

理生研の研究員とは言っても、一般企業とさほど給与は変わらない。もしくはそれ以下だ。

基本的に研究結果や実績が給与に反映される厳しい世界だ。

「……それにしても、よくも拉致まがいな事をしてくれましたね」

言ってやりたい事が山ほどあった。

誰も行くと言っていない。挙句の果てに、人を使ってまで無理やりに連れて来られた。

「あはは、すみません。だって、こうでもしないと高城さんは絶対来てくれなかっただろうし」

「だからと言って……」

「ごめんなさい。でも、高城さんが好き過ぎて、一度でいいからこうやって、プライベートで会いたかったんです」

「……っ！」

まただと、私は藪中から顔を逸らした。

真摯な瞳と飾り気のない言葉が、心臓をダイレクトに直撃した。それでも私は靡《なび》かない。

「藪中さん。そんなふざけた冗談で大人を揶揄うんじゃありませんよ」

彼の想いを一蹴した。

「冗談なんかじゃありません」

強い意思を滲ませた口調だ。逆に撥ね返されてしまった。

「あの、わかってます？　私は……男ですよ？」

「はい、わかっています。高城さんは美しい容姿をしていますけど、何処からどう見ても男性ですよね」

「もしかして藪中さんは同性愛者なのですか？　相手がオメガならまだ納得いきますけど、私はベータですよ？　そこもわかっています？」

偽った性を告げ、確認を取った。

「勿論わかっていますし、俺は同性愛者ではないです……多分」

よかった、気付いていないとホッとする。彼は私をオメガだと全く思っていない。今の言葉ではっきりした。

「だったら何故、昼間にあんなふざけた事を言ったのです？」

「だから、ふざけてなんかいませんって」

肩を揺らしクスクスと笑われた。この態度、本当に気分が悪い。

「藪中さん、いい加減に……」

「でも、高城さんの匂いが、存在が……どうしても俺を捉えて離さないから、仕方がないじゃないですか。そうでしょう？」

ひたむきな眼差しで問われた。

「そんな事を聞かれても……」

私にはどうしようもないと、答えに窮《きゅう》する。

「正直、オメガだのベータだの、性別なんてどうでもいいんです俺は」

「……え？」

「好きになった人がベータで、それが魅力的な高城さんだった。それだけです」

「……私には、今一つわかりません」

御猪口を持った手が微かに震えていた。

「わからなくてもいいです。ただ、俺のこの気持ちが、嘘偽りないという事だけ信じて欲しいです」

藪中が少し切なげに笑う。まるで、見捨てられた子供のようだと、何とも言えない罪悪感が私の中で芽生えた。

「……っ、藪中さん、私は」

「ふふっ、そんなに困った顔をしないで下さい」

次は揶揄い交じりに笑われた。

彼は本当に色んな表情をする。そのたびに、私の心は敏感に反応する。やり方が卑怯《ひきょう》だと、私は惑いを閉じ込めて黙る。

「今夜は高城さんとお話がしたかったんです。俺の本気だけ伝えたかった。それに――」

「……それに？」

「三種の性についても、研究の視点で色々聞きたいです。互いの研究室が対立関係にある事も一切抜きです。考察を語り合って、今夜は意見交換しませんか？」

「意見交換？」

藪中は優秀な男だ。それは宮本室長も言っていた。得た知識を交換し、切磋琢磨《せっさたくま》しろとでも言いたげだった。しかし、本当に価値ある事が共有出来るだろうかと、私は藪中を分析する。

苦労知らずの御曹司として育ってきた彼だ。叩き上げの私とは違う。

こんな若造に何を学ぶ事があるのだと、プライドが叫んだ。

藪中が何かを含んで持ち掛けてくる。

「宮本室長の右腕である高城さんは、とても優秀だと所内でも噂です。あの論文も知識の高さを窺えました。それに俺はアルファです……しかも生粋《きっすい》の。父も母もアルファですから」

「それがどうかしましたか？」

そこを敢えてアピールする意味はあるのかと、私は不審に思う。

しかし初耳だった。両親共にアルファだったとは。アルファ同士で恋愛関係に至り、結婚するのは特別不思議な事でもない。少ない性同士だ。彼の両親は稀な例だろうが、お互いに高貴な性であるからこそ、惹かれ合うところもあるのだろう。

そして生粋という真の意味を私は理解した。藪中はアルファである自分の存在価値を充分わかっている。

悟った私に彼は言う。

「俺と話しているうちに、アルファの生体もわかるかもしれませんよ？　今の研究に役立つかもしれない……」

藪中は全て知っている。私達の研究室が今、崖っぷちいるという事を。まるで弱みを握られたかのようだと、私は双眸を吊り上げた。

「もしかして、これは取引ですか?」

「察しがいいですねぇ」

やはり面白がっている。軽蔑すら抱いた私であったが……。

「聞きましょう。続けて下さい」

続きを話せと催促した。

「はい。アルファとしての特徴や、俺自身が感じてきた事をリアルに教える代わりに、今夜は高城さんとの時間を俺に下さい」

「……へぇ」

気に食わない。けれど悪い話ではない。魅力的な働きかけに心がぐらついた。

アルファ中のアルファとしての彼自身を、少しでも知れば研究のヒントが摑めるかもしれない。


オメガと同じで、アルファの生体も未だ解明されていない点が多い。それを突き詰めれば、何かしら活路が開かれるかもしれない。

しかも彼の両親は共にアルファ。滅多に聞かない話だ。

ひとつ気掛かりなのは、藪中は矢木の研究室に所属しているという事だ。

これも矢木の入れ知恵だろうか。そんな可能性も考えた。

腹黒く計算高い男が矢木だ。いくら状況が有利でも、宮本室長を警戒している事には変わりない。

様々な思惑が交錯し、膝の上に置いてあった手をグッと握った。

藪中はそんな私を穏やかに見つめて言う。

「大丈夫です。俺は裏切りません。今夜は俺達二人の間には研究室としての関係はなしにしませんか?それに言っていませんでした? 本当は宮本室長がよかったって」

「言って……ましたね」

食堂での会話が甦り、コクリと頷いた。

「どうします？　このまま帰ります？　それとも今夜、食事をしながら語り合う時間を俺に提供するだけで、研究への糸口を摑む可能性……さぁ、どちらを選びます？」

嫌な聞き方だ。しかし選択の余地はない。策や方法を選んでいられないところまで来ている。

「……決まっているでしょう、後者を選びます」

藪中が勝ち誇ったような表情をした事は言うまでもない――。

＊＊＊

「……藪中さんの家系は、アルファの方が多い傾向なのですか？」

交換条件を呑んだ後、早速質問を開始した。

今夜しかないチャンスを逃してはならないと、手帳とペンを鞄から取り出した私は一問一答を記録しようとしていた。

「ぶはっ、あははは っ！」

大きく吹き出された。

「ちょっと、何がおかしいのです？」

睨みつけるが、藪中は腹を抱えていた。前屈みとなり大笑いしていたのだ。

「藪中さんっ！　笑っていないで答えて下さい。交換条件をちゃんと守って下さいよ！」

「あぁ、すみません。違うんです……何だか熱心な様子が健気《けなげ》で、とても可愛くって。アハハッ」

ツボにはまったのか、藪中は涙目になっていた。

「か、可愛いとか……おかしいでしょう！　年上をそういう風に扱うのは間違っています！」

「まぁまぁ、まずは酒と料理を楽しみませんか？ここ、なかなかですよ」

頰を朱色に染める私に、藪中は掌をクルリと返して、座卓に並べられた料理を勧めてきた。

今夜限りの取引を交わした直後、女将が仲居と共に豪勢な料理を運んできた。

流石河豚専門の日本料理店だけあって、立派な会席料理だ。

てっさ、てっちり、焼きふぐに唐揚げ、白子の茶わん蒸しなど、河豚をふんだんに使った料理を目の前にした時、流石に腹の虫が小さく鳴った。

しかし、呑気に食事などしていられない。

食欲と戦うつもりで意気込んだのだが、爆笑されてしまった。

「とにかく世間話を交えながら語り合いましょうよ？　ねっ？」

藪中は前菜のサラダに続き、てっさを豪快に食した。私も彼と同じものを口にする。

「あ……」

あまりに美味しくて、つい反応した。藪中も「美味しいでしょう」と尋ねるように目を細める。癪に障るが、河豚に罪はない。私は箸を進めた。

目の前の土鍋がグツグツと音を立てはじめ、いよいよ食べ頃かと少しばかり期待する。

「……高城さんは研究が、お好きなんですね」

そう問われ、箸の動きを止めた。

「……好きと言うか、私の仕事ですから全力を尽くすのみです」

「でも、それが好きって事ですよね。高城さんの論文を読んだ時、研究に対する想いの強さを感じました」

率直な感想が照れ臭かった。私はポーカーフェイスを貫く事に徹した。

「高城さんはオメガの人達が、もっと生きやすい社会にしたいのですか？」

アルファの彼がそれを言うのか。本能でオメガを見下し、あわよくば性奴隷にしてしまう性別だ。どの口が質問するのかと、私は箸を置いた。

「……ええ、そうですよ。彼等は可哀想な人達です。オメガというだけで他の二性から見下げられ、職業も制限される。発情期に怯え苦しみ、しかもアルファと番う事でしかそれが解消されない。その上、良好な番関係を結べるオメガはほんの一握りで……そこに愛情など存在しないでしょう？　だって、ただ肉体的快楽のみを共有する……そんな人生、何が楽しいですか？」

「………」

藪中は黙って聞いていた。一言も聞き逃さず真剣な表情であった。

「もし、彼等を苦しめる発情期が、もっと制御出来て、正確に確実にコントロール出来る薬が開発されれば、過ごしやすくなるのではと、人生も少しは明るくなるのではと私は思います。それに……」

「それに？」

「オメガにも人権はあります。この世の中の人間はもっとわかるべきです。今までアルファはオメガを好き勝手に扱ってきました。でも、彼等は決してアルファの性奴隷ではない」

世界中のアルファに抗議するように語気を強めて、吐き捨てた。

「……それがアルファを嫌う理由ですか？」

いつもより低い声だった。気に障ったのだろう。

「そうですよ。アルファの人間にオメガの苦しみなんてわからないでしょう？　生まれた時から完璧と称され、周りにもてはやされてきた人達には、オメガの事なんて到底わかり得ない……」

自分で言っていて、だんだんと惨めになってきた。それでも意見したかった。目の前の男がアルファだからこそ、この想いを吐露したかった。

藪中は無言でじっと見つめてくる。私も決して視線を逸らささない。

私達は少しの間、何も言わずに視線を交わし合った。

「高城さん、オメガにも人権がって言いますけど、じゃあアルファである俺には人権がないって言いたいのですか？」

沈黙を破ったのは藪中だ。

「そっ、そんなつもりは！」

挑戦的な台詞に胸を突かれた。

「さっきから、高城さんはオメガが可哀想だとか、苦しみだとか……彼等にも人権はあるだとか言ってますけど、裏を返せばアルファの事は何もわかっていませんよね？　オメガ側の主張ばかり並べてる。それに何故、オメガが可哀想な性別だって、決めつけるのですか？」

「………」

何も言い返せなかった。

藪中がソロリと視線を外す。彼は河豚の唐揚げを口に放り込み味わった後、酒を一口だけ飲んだ。

「うん、美味しい。高城さんも、もっと食べて下さいね」

勧められるが先の台詞が引っ掛かり、とても食事などする気になれない。

オメガが可哀想……そう思わせる世の中じゃないかと。『何故』なんて事を、アルファが言う権利もない――。

回りくどいのは時間の無駄だと、私は追及する。

「藪中さんの意見や見解を聞かせて下さい。あと先の問いの答えも合わせてお願いします」

強い口調となっていた。藪中は参ったと言いたげに軽い溜息を吐く。

「さっきのは違いますよ？　別に高城さんを怒らせたくて言ったんじゃないですから。あ、お鍋が吹いてきましたね」

おしぼりを手にした藪中が土鍋の蓋を開ける。

白い湯気が、もわっと立ち上り、私の眼鏡を曇らせた。出汁の効いた、てっちりの匂いが鼻腔を掠める。藪中が杓子《しゃくし》で身を取り分け、私へと器を手渡した。

「……ありがとうございます」

器を受け取り、メインの河豚を口に運んだ。

美味だ。あまりに美味過ぎて、話の内容など吹き飛んでしまうぐらいだ。

「美味しいですか？」

「……とても美味しいです」

彼の穏やかな微笑みが、食事の感想を正直にさせた。

「それはよかったです」

満足だったのか、彼は嬉しそうに頷く。

駄目だ。このまま彼のペースに流されると、ただの食事会で終わってしまう。

器と箸を静かに置いた。彼も意図を汲み取ったのだろう。藪中が語り出すのを待った。彼も意図を汲み取ったのだろう。静かに語り出した。

「俺の家系は……とは言っても知る限りですけど、両親はアルファで、祖父もアルファ、祖母がオメガでしたよ」

「お祖母様がオメガ？　という事は番関係で婚姻されたのですか？」

「確か祖母の項には噛み跡がありましたから……そうでしょうね。彼女は父方の祖母で、男性のオメガでした」

「……そうですか」

番はアルファがオメガの項を噛む事で成り立つ。

番関係を結ぶと、オメガは番ったアルファ以外とは性交が不可能になる。正確に言えば、番以外の人物と性交は可能ではあるが、拒否反応が著しい。吐き気、痙攣《けいれん》、様々な症状に襲われると聞く。

「さっき高城さんは、アルファとオメガには愛が存在しないと仰いましたけど……」

「ええ、言いました。何かおかしいですか？」

「はい、おかしいです」

即座に答える藪中には確信があった。

「祖父と祖母は愛し合っていましたよ。だって、とても幸せそうでしたから」

「……でしたから？」

引っ掛かりを感じて返した。

「……祖母は五年前に病気で亡くなったのですけど、

二人は、お互いを深く愛し尊敬し合っていました。美しい絆だと、幼い時からそう感じてならなかった……」

言葉を深く噛み締めているのか、藪中の表情には慈しみがあった。

「美しい絆？　アルファとオメガの番関係が？」

疑うのみだった。

藪中が首を縦に振る。

「祖父は祖母を心から愛し、祖母もまた同じでした。孫である俺も、二人の愛を充分に感じていましたし……何よりも羨ましいと、幼い時からずっと思っていました」

「……羨ましい？」

何をバカな事を。藪中への嫌悪が濃くなった。

この男もいつか番となる「オメガ」を欲している。私にはそう思えたのだ。

「高城さん。貴方は誤解をしているかもしれませんから、ちゃんと伝えておきますね」

「誤解……？」

誤解とは何だと、眉を盛大に顰めた。

「俺はアルファだからと言って、必ずオメガと番いたいとも思っていませんし、肉体関係だけを求める気もありません。性別に関係なく、自分が好きになった人と添い遂げたいと思っています。番関係にあった祖父母が羨ましいと思ったのは、そこに本当の愛があったからこそです。本気で愛せるオメガの人と出会えたら、何て幸せだろうって……それはオメガもきっと同じで、お互いに愛し愛されるのならば、彼等の人生もまた捨てたものじゃないと思えるようになりました」

長ったらしい。

まだ二十三歳の若造が愛を語り出すのは、夢見がちの理想論に思えたが、その顔はとても眩《まぶ》しかった――。

「……私には、番の、あれこれはよくわかりません」

「そうですか？」

「ええ、わかりません。だって私は『ベータ』ですから……」

性を偽りこの話題から逃げた。我ながら卑怯だと思う。

けれど、彼の愛に対する想いが番関係を指しているのならば、それこそ私は、オメガである事を隠し通すべきだと、危機感を抱いた。

「高城さん。俺は、万が一『運命の番』と言われるオメガが現れた時、全身全霊を尽くし愛そうと思っていました。でもその前に、高城さんに出会ってしまったから……俺にとっての運命は、高城さんなんです。性別なんて関係ありません」

「……はぁ？」

思わず素《す》っ頓狂《とんきょう》な声を上げた。

世迷い言に感じてならない。

運命の番が現れた時点で、アルファはその存在を優先すべきだろう。抗えないのだから。

「あの、高城さん？　人の一世一代の本気の告白を『はぁ？』の一言って……流石の俺でも傷つくんですけど……」

藪中は眉を八の字にして落ち込んだ。その表情は少し幼い。情けなくも可愛く見えた。

「藪中さんは、そっちの方がいいですよ。若いくせに変に大人ぶらない方がいいです。その方が、私個人としては好感が持てます」

自然と本音を伝えていた。

「ええっ、本当ですか!?」

気分が高揚《こうよう》したのか、藪中が座卓から身を乗り出した。

「好感ですよ？　そういった好意ではないです」

恋慕ではないと断言する。それでも藪中の顔は緩んでいた。

「でも嬉しいです。高城さんって、俺からしたら随分大人だし、最近まで学生だった自分がもどかしいんです」

伏し目がちに自らの劣等感を打ち明けられた。アルファとしての自信は何処に行ったのだと、私は呆気に取られた。

「もどかしいも何も、私からしたら、実際まだ子供ですから」

「はぁ、酷いなぁ……俺、必死なんですよ」

座椅子に座り直した藪中が天井を仰ぐ。まだ言いたい事があるのか、彼は口を尖らせる。

「あのね、高城さん言っておきますけどね、アルファにも色々事情があって複雑なんですよ？　高城さんはオメガばかりを擁護《ようご》していますけど」

「事情？　複雑？　だってアルファは生きる事に、何の苦労もしてきていないでしょう？　他の二性を見下げて、上流社会の頂点に立つアルファを羨む人間は多いですよ」

すかさず反論した。すると藪中が今までにないくらの鋭い眼光でこちらを見据えてきた。

「――――ッ」

チリッと、焼けるような感覚が肌に走った。

そう、これだ。

柔らかい雰囲気から一変するこの瞬間が、怯えすら呼ぶ。やはりこの男はアルファだ――。

「俺は、ベータやオメガの人達を見下げた事なんて一度もありません」

強い調子で言われた。機嫌を損ねてしまったようだ。

「はっ、どうだか……」

鼻で笑ってやった。それでも藪中は引かない。

「確かに、オメガの人達は生き難《にく》いと思います。あの発情期は大変だろうし、現に俺もオメガの発情を、目の当たりにした事があります。でもだからと言って浅ましいとか思いませんし、逆に大変ですよ」

「……それで？」

へぇ、大変さがわかるのかと、傾聴する姿勢を私は取った。

「知っているでしょう？　オメガのフェロモンにあてられるとアルファも激しく欲情するっていうのは。

オメガの人が、いくら抑制剤を飲んでいても微かな匂いでわかるんです。あぁ、発情期だなって。それを少しでも察知するだけで、欲を抑えるのも大変です。俺からすれば、アルファの方がよっぽど穢らわしいと思っています」

人類の頂点に立つであろう男が、自らを罵《ののし》り、穢らわしいと言った。

「わ、私は、そこまで言っていません……」

少しの罪悪感が心を締めつけた。

「わかっています。でも、これは俺がアルファとして生きてきた上で感じた事です。それに、アルファだからって過度な期待や羨望の眼差し、嫉妬……それが鬱陶しくて、アルファである自分が何度か嫌になりました。だって期待に応えられない時だってあるんですよ？　俺だって、アルファだって、他の二性と同じで……所詮人間ですから」

そんな本心を抱いていたのかと、私は目を瞠った。

藪中の瞳は何かを憂い揺れていた。

脆《もろ》い一面を見た瞬間だった。何かいけないものを見た、そんな気がしてならない。

こんな姿を、今まで他の誰かに見せてきたのだろうか——？

絶対的勝者のオーラを身に纏うはずの性だ。私は見て見ぬ振りをした。そして出会った頃の印象を敢えて伝えた。

「……その割にはと言うか、自信満々のオーラをいつも放ってますよ。『俺はアルファ様だ！』的な」

「うわぁ、言いますねぇ。でもあながち外れていませんね。きっとそれは藪中を担う者として……と言った方が妥当かもしれません。俺には兄もいますけど、両親はいずれグループ全体を俺に継がせる気ですから」

巨大組織の将来を背負う。そんなプレッシャーを感じつつも、世間に舐められないように威厳を示しているというところだろうか。

そして彼には兄弟がいる事が判明した。しかし引っ掛かる。彼は兄と言った。

なぜ長兄ではなく、次男である彼がグループを担うのか……私は一つの答えに辿り着く。

「もしかして、お兄さんはアルファではないのですか？」

「……ははっ、うーん、まぁ」

言い淀んだ藪中であったが、何でも答えるという約束でしたねと、律儀な態度を示した。

「五歳年上の兄は、ベータです」

それを聞いてある程度理解した。藪中の両親はベータの長男ではなく、アルファの弟を後継者として選んだのだと。世間的には間違いのない選択だ。

しかし彼の兄はどうだろう。劣等感に似た、複雑な気持ちはなかったのか。

「弟の俺がアルファだという事で、兄も長い間、複雑だったでしょうね。けど今はよき兄弟関係を築いていますよ。兄はちょっと癖がありますけど……優しくて心の広い男です」

「……御兄弟がいるというのは、いいですね」

つい言葉にした。私にはない存在だ。

藪中は嬉しげに語る。

「はい。兄は優秀な人間です。俺は兄を尊敬していますし、兄も俺を大切に思ってくれています」

藪中は幼さを覗かせる。これが弟としての一面だろう。

「ところで高城さんは、御兄弟はいますか？」

「……いません」

「へぇ、ひとりっ子ですか。じゃあ、現在はご両親と同居ですか？」

「いえ、両親は……」

途中まで出た言葉は止まってしまう。

命日が近いだけに、両親の事を思うだけで、感傷に浸ってしまう。

「……高城さん？」

黙り込んだ私を不思議に思ったのだろう。藪中が呼び掛けた。

「……両親は亡くなりました。八年前に。交通事故でした」

嘘を告げても仕方ない。別に隠す必要もないと判断し正直に伝えると、藪中の表情が曇るのが目に見えてわかった。余計な事を聞いてしまったと——。

「す、すみませ……」

「謝る必要はないです」

謝罪は断った。

不憫《ふびん》に思ったのだろう。そんな情けは必要ない。自分は独り生きていく。そう強く決めているのだ。余計な同情は一切要らない。

今は私の身の上話より情報だ。何でもいいから研究のヒントに繋がる情報が欲しい。

彼の兄がベータだという事は、血筋や遺伝子は関係していないのだろうか。両親共にアルファで、確実に影響するなら兄もアルファであるはずだ。

黙る藪中へと私は質問を再開した。

「藪中さんはアルファとして生まれましたが、御両親からの遺伝性を身をもって感じる事はありますか？」

「うーん、そうですね。こればかりは何とも言えません。だって何も特別な感じがしないですし。それに母方の祖父母はベータでしたから。ただ、父の祖父……俺の曾祖父はアルファだったそうです」

「そうですか…」

脳内で家系図を広げ、藪中家の性種ルートを描いた。

今までの話を纏めると、近い親等にアルファが四名いる。比率的に考えるとやはり多いと思われた。しかも父方寄りの男系に若干片寄っている。

その人達の精子を、今すぐにでも調べてみたい。そんな欲求に駆られた。それは決して叶わない。

——だったら今、目の前にいる男の精子を調べさせてもらえないだろうか？

流石にそれは出来ない願いだ。藪中が承諾するとも思えない。明らかな研究協力となるからだ。

宮本室長を尊敬するとは言っても、矢木の研究室に身を置く彼だ。関わり方を間違えてはいけない。下手をすれば裏切られる。重々気をつけなければと私は今一度、警戒心を持った。

「他に聞きたい事ありますか？」

「そうですね……」

まだ答えてくれるようだ。それは有り難い。

次の質問を遠慮なくぶつける事にする。

「……先程、オメガのフェロモンには敏感だと言いましたが、やはりそれは、アルファとベータの女性とは違った性的興奮を受けますか？」

「これはまた、ストレートな質問ですねぇ」

藪中が苦笑する。

「わかりやすく言ったまでです」

性に関する質問は答えにくいだろうが、何でも答えるとの約束だ。それに三種の性を調べるにあたって外せない部分だ。

「そうですね。今言われた二種の女性に欲情するのとはまた違います。何て言うのでしょうか……一気に血が騒ぎ出して興奮するっていうのでしょうか……とにかくオメガを孕ませたいといった本能が揺さ振られるのは否定出来ませ……」

「………」

孕むとの言葉に生理的嫌悪を隠し切れなかったのか、私は思わず顔を歪めていた。

藪中が慌てたように目を泳がせる。

「ほら！　そんな顔をするでしょう!?　でもしょうがないじゃないですか、これぱっかりは俺の性です。正直に答える方がいいでしょう？」

「それはそうですけど……」

「でも、そんな事を聞いてどうするのです？　研究に関係します？　疾《と》うにわかり切っている事じゃないですか」

「それもそうですけど……ここから先は秘密です。研究内容はお話し出来ませんので」

血が騒ぐか……。

もしオメガのフェロモンが精子に大きく関係するならと、一つ新たな実験が出来そうだ。私は密かに胸を躍らせていた。

「他にも質問あります？」

藪中が御猪口に日本酒を注ぎ足した。

私は私で手帳にペンを走らせながら、新たな問いを口にする。

「そうですね。藪中さんはオメガの方と性交渉をした事がありますか？　あるとしたら、その時の状態や様子を事細かに教えて頂けませんか？」

「────ぶっ！」

彼は口に含んでいた日本酒を吹き出した。

「……お行儀が悪いですね」

何をしていると、私は目を据わらせた。

「だって！　た、高城さんが……本当にもう、何て事を聞くんですか!?」

「恥ずかしがる必要ありますか？　さぞかしモテるでしょうから、そういった経験はたくさんあるでしょう？」

「まぁ、そりゃあセックスは……未経験ではないです、けど……」

モゴモゴとした声だった。その顔は赤い。

「で？　どうなのです？」

答えなさいと言わんばかりに問い詰めた。

藪中は正直に述べる。

「えーっと、すみません。オメガの人とは性経験はないです」

「へぇ、意外ですね」

率直な意見を告げると彼は口早に言った。

「だって！　子供でも出来たら、それこそ大変ですし、そうなった場合、否応なく番にならざるを得ない。発情中のオメガとアルファが性交渉をすると高い確率で妊娠するでしょう？　そこまでのリスクを背負おうと思いません。相手が本気で惚れたオメガなら何も問題ないですけど」

「そうでしょうね。望まない妊娠はオメガにとって、とても辛いでしょうから」

「発情したオメガとはなるべく会わないようにしてきました。それでも出会《でくわ》した時は、すぐに距離を取るようにしてます」

「それが正解でしょうね」

理性的な彼に少し感心した。

「それで、発情したオメガを実際目の前にしたら、勃起しますか？　その状態は如何《いかが》なものでしょうか？　いつもと違った感じですか？　あと興奮した場合、処理はどうされていますか？」

「そ、それを聞いて何になります？」

「研究内容に繋がるので秘密です」

「……答えなくては駄目ですか？」

言い難いのか、藪中は軽く咳払いをする。視線を巡らせては、何をどう言葉にしようか迷っているようだった。

私の研究者魂が疼く――。

「違うのですね……それはどんな風に！　勃起角度や射精量は!?」

次は私が座卓へと身を乗り出していた。

欲情する相手が性種によって大きく違うとしよう。それが射精行為や種の状態に影響していたら……いや、あれこれ考えるより、当の本人から聞くのが一番わかりやすい。

「あぁ、もう高城さん。本当にストレート過ぎます……」

藪中はたじたじであった。

そんなのは関係ない。私はどんどん追及する。

「約束でしょう？　さぁ、答えて下さい。激しく勃起しますか？　どんな感じて精子が出ます？　ちなみに濃いですか？　薄いですか？」

「そんなのわかるはずないじゃないですか！　ただ……」

「ただ!?」

詰め寄った。聞いて書き漏らす事は許されない。

「オメガのフェロモンを少しでも嗅ぐと、普通では

収まりません」

「普通では？　それはどういった意味で？」

「………これ以上は勘弁して下さい」

「駄目です。貴方は私と過ごす時間を拉致まがいな事までして強引に要求してきたくせに。卑怯ですよ。嘘つきです。大体そっちが自分で教えてくれるって言ったのですよ！」

次々と捲し立てた。

「あぁ、もうっ……そうですけど」

藪中は完全お手上げな様子で、座卓に突っ伏した。

「答えてくれないと、私、今すぐ帰ります」

「本当に、恥ずかしさ極まりないです」

「大丈夫です。ほら言って」

とっとと喋れと言った風に催促すると、とうとう藪中は観念した。

「……そんな時は、とにかく何度も自分で慰めて、それでも収まらない場合は……その、ベータの女性で発散しました。何をしても収まらないので、そうするしかないんです……」

その時の状態を思い出しているのか、藪中は気まずい顔をする。意思に反する行為だったのだろうか。

彼は約束通りに詳しく語る。

「オメガのフェロモンは、アルファにとって凄まじい欲情を促します。でも、勘違いしないで下さいね。不特定多数とセックスはしていないです。俺は、本当は好きになった人としか、そういう行為はしたくないです」

「そうですか……その気持ちは評価しましょう。で、角度やら精子の濃度やらは？」

「えぇっと……だから今ので察して下さいよ」

「察せられません」

手帳を捲った私は新しいページに書き出す準備をした。

「やっぱり収まらないだけあって凄い……かもしれません。量もいつもより多い気もしましたが、正直なところ、とにかく爆発するような性欲を発散したくて、いちいち覚えてなくて……あぁ、俺、何言ってるんだよ……」

藪中は最後までは言わずに、片手で顔を覆い隠した。激しい羞恥に襲われているようだ。

本当に意外だなと、私は彼を見遣る。

性の話題には耐性があるように思えたが、そうでもないようだ。逆に私の方が性の話に抵抗がない。これは職業柄と年の功だろう。

年の功とは言っても、私は他者との性的経験はなく、自慰経験も少ない。

これは得るものがあった。しかもなかなかリアルな声だ。

オメガのフェロモンはアルファにとっても酷く危険だと、文献や書籍に書いてある以上に興奮するのだと、今の藪中の話でわかった。

もし、アルファ特有の精子が存在し、オメガへの性的興奮がリアルに作用しているのならば、面白い実験結果が出そうだと想像した。

意外に出来そうで難しい実験となるだろう。作り出す状況がまず難しい。しかしやってみる価値はあるだろうと企てた。

「ありがとうございます。今の言葉、とてもリアリティーがあって為になりました」

素直な気持ちで礼を述べた。

全ての質問事項と、その答えを手帳に書き留める事が出来た。私の頭の中は、明日からの実験の事で埋め尽くされていた。ワクワクする。

「高城さんは本当に熱心ですね。真摯に仕事に打ち込む姿は、とても魅力的で……綺麗です」

うっとりとした双眸で口説かれる。

「——っ!」

心臓が一気に騒ぎ出した。

耐え切れなくなった私は。あからさまに視線を逸らした。慌てて手帳を鞄へと片付けた。

動揺している自分が悔しかった。

「さて、料理もまだ途中ですし、次は世間話でもしながら楽しみましょう」

　絵に描いたような王子様スマイルだ。

　一体どれが本当の彼なのだろうか。

　性の話では、何処か初心《うぶ》な様子を窺わせたというのに、愛を紡ぐような臭い台詞は言い慣れているようにしか思えない。しかし滲むのは彼の優しさと、律儀さだ。これは今日初めて知った面だ。その全てを含めてアルファ・藪中路成なのだろう。

　こんなアルファは知らない。

　他の二性を見下げた傲慢さの塊がアルファ……そう強く認識してきた。それを覆しにかかるのが、藪中の言葉、態度や考え方だ。認めたくはないけれど――。

　悶々《もんもん》とする私の心など露知らず、藪中は一方的に語り、話に花を咲かせてくる。

　いくら気付かないようにしても、ふとした瞬間に瞳がかち合う。そのたびに彼は頻に喜びを浮かべてくる。

　それが酷く嫌だった。酷く煩わしかった――。

＊＊＊

「――今日は、ありがとうございました」

　夜の街を高級車が走る。その後部座席で私は隣に座る藪中へと礼を言った。

　窓外は煌びやかだ。さすが眠らない都会だ。深夜零時だというのに、車の通行量も多ければ、行き交う人も多い。

　通り沿いは、色とりどりのネオンに包まれた飲食店が賑わいを見せていた。

　別にひとりで帰れたのに。どうしてか私は車に乗っている。

　料亭を出た後の事だ。

　藪中が車で送らせて欲しいと言った。私は断ったが彼は頑《かたく》なに引き下がらなかった。

　言い分は二つ。

此処《ここ》まで連れて来た責任があるのと、今日という日が終わるまで取引は続いているとの事だった。

この時間帯はタクシーも捕まり難い。私は渋々承諾したものの、アパートから徒歩圏内にある公園を目的地とした。住居を知られるのを避けたかった。

「こちらこそ、ありがとうございました」

私の礼を受けた藪中が頭を軽く下げた。視線がすぐ傍にあった。

私は顔を逸らして夜の街を窓越しに眺めたが、藪中の瞳が目の前にあった。夜の車窓が鏡の役割をしていた。

こっちを見ている。熱っぽい眼差しで――。

真正面から見つめられているような、そんな錯覚に陥《おちい》っていた。これ以上見るなと、私はフイと顔を背けた。

大通りを走る車が右折レーンへと入っていく。

ハンドルを握るのは、私を拉致した男、西野だ。運転技術が高いのか、乗り心地がいい。満腹効果なのか、ここで睡魔が襲いかかってきていた。

最初はどうなる事かと思ったが、今夜は大きな収穫があった。

アルファとして生きる藪中のリアルな声を聞けたのだ。研究に役立てる為には、これからどうするか、私は計画を練りはじめていた。

今回の取引を考えるに、明らかに私の方が得だろう。何と食事は藪中の奢りだった。勿論、支払う意思を見せたが、会計は既に済ませてあると彼は紳士的な態度で言った。

支払いだけならまだしも、性事情を根掘り葉掘り聞き出されたのだ。藪中からしたら、ある意味災難だったのかもしれない。ほんの少しだけ、申し訳ない気持ちが過ったが、それも気付かない振りで誤魔化した。最終的に相互利益があったはずだと言い聞かせた。

藪中は私と時間を共有したいと切に願っていたではないかと――。

しかしと、考える。彼は私なんかと話して、本当に楽しいのか？

　こんなにも無愛想で、冷淡な言葉ばかり口にする男だというのに。

　楽しいと思っているのならば、藪中は相当の変わり者だが、恋心の側面から分析してみると、『好きな相手と一緒にいるだけで幸せ』そんな単純な答えに辿り着いた。自分には一切解せない感情だ。

「……はぁ」

　無意識に嘆息を漏らした。

「どうしたんですか？　河豚、美味しくなかったですか？」

「いえ、美味しかったですよ。御馳走様でした」

　この上ない極上の河豚だった。庶民の自分には、二度と味わう事なんて出来ないだろう。

　溜息の原因を直接告げるかどうかで迷うが、ズルズルと引き摺るのは性に合わない。私は決めた。

「……藪中さん」

　名を囁く。鼓動が脈打ちを速めていた。

「はい？」

「……昼間の件ですけど、本当に本気ですか？」

　告白の真意を尋ねた。藪中の表情が引き締まる。

　あぁ、こんな色をしていたのかと、私は藪中の双眸に見入った。彼はとても澄んだ瞳の色をしている。

　髪と同じで少し色素が薄いのか、まるで磨き抜かれた宝石のようだ。街の彩光が反射しているからだろうか。

「はい、本気です。俺は初めて会ったあの日から、高城さんの事ばかり考えています。俺の心を捉え離さないぐらいに……。貴方は本当に美しい。語り合って改めて感じました。その知力と美貌、仕事に打ち込む真摯さ……何よりもその存在に惹かれてやまないんです」

「…………」

　まるで、一昔前に流行《はや》った恋愛映画だ。主人公がヒロインを口説き落としにかかる台詞そのものだ。

そんな陳腐《ちんぷ》な台詞でも、籔中が口にするだけで様になる。感覚の全てが騒ぐ――。

「高城さん。またこうやって、会ってくれますか?」

「お断りします」

「…………」

バッサリと切り捨てた。

籔中も堪えてきたのか、表情に影を落としていた。今なら諦めてくれるのかもしれない。

「籔中さん。私は同性愛者ではありません。それに、迷惑です」

絶対に成就《じょうじゅ》する事のない想いは、早いうちに終止符を打たせてあげなければならない。

「迷惑……ですか」

「はい、そうです。籔中さんが理生研に来てから、正直私は参っています。約束もしていないのに、毎日昼食の時間に現れて、何かと私に触れようとするし、そのたびに私の心は掻き乱されて、とても迷惑しているんです!」

最後は強めに言った。

籔中と会うたびに五感が震えてしょうがない。惑わされてはいけないと自制心を働かせても、それは日に日に強まっていた。奥底に燻る何かを、この体は感じ取っている。

特に籔中はアルファ性が際立っている。

発情期を迎えていない私でも、彼の存在が眠る本能《オメガ》を揺さ振りにかかるのだ。

これがアルファとオメガの関係性だ。否が応でも命が、魂が、細胞が呼応する――。

発情を迎えていなくて、本当によかった。

セーブが出来るのは、この特異体質のお陰だと、ホッと息をついた時……。

「――アハハハッ!」

大きな笑い声が車内に響いた。

「籔中さん?」

笑う原因は何処にあったと、鋭い視線を送る。

「ねぇ、高城さん。それって、俺の事が気になって仕方がないって言っているようなものじゃないですか？」

「——は？」

どうやったらそんな考えに至るのか。おめでたいプラス思考に私は呆れた顔を隠さない。

「だってそうでしょう？　迷惑と言いながらも、俺の存在は確実に高城さんの心の中にいる。いつも冷静沈着な、貴方を掻き乱すくらいに」

「な、何を言って……あっ！」

反論の前に片手を取られ、そのまま藪中の口元へと運ばれた。吐息が指先に触れた。

「——っ……！」

鋭い波が体中に走った。電流に刺激された肌は一瞬にして粟立った。

唇を指先へとあてた藪中がニヒルに笑う。

「……もしかして、俺、脈ありだったりします？」

「——何を……っ！」

神経が逆立ったと同時に車が停止する。

「——高城様、到着致しました」

今の今まで存在を消していた西野が足元のサイドブレーキを踏んだ。

消していた……いや、私が忘れていたのだ。藪中との会話を西野には全て聞かれていたのだ。

最悪だ——。

「もう着いた？　俺はもっと高城さんと一緒にいたいのに……そうだ！　このまま深夜のドライブを一緒に……あっ、高城さんっ！」

掴まれていた手を力任せに振り払った。

これで取引は終了だ。

「送って頂き、ありがとうございました。ドライブには同行しません」

扉を開け放つと同時に外へと飛び出した。

脈ありだって？

ふざけるな！

感情に振り回されるのは大嫌いだ。それなのに、藪中は土足で心に踏み込んでくる。

誰一人歩いていない夜の路地に私の靴音が響く。それを追い掛ける足音が背後から届いた。走っているようだ。地面を蹴る音が、どんどん距離を詰めてきたかと思うと――。

「高城さんっ……待って！」

足音の正体は藪中だった。私は一切振り返らずに早足で、迫り来る気配から逃げた。一刻も早く藪中と離れたかった。

触れられた指先が熱かった。まるで甘い火傷だ。冷たい外気に晒されても、その火照《ほて》りは冷めそうにない。

「高城さんっ！　俺、本気ですから！　諦めませんから！」

凛《りん》とした藪中の声が響く。私はピタリと足を止めた。

「――本気？　諦めない？」

自分でもびっくりするくらい、低い声が出た。

「はい。本気です……諦めません。高城さんの事が好きです」

「何故？」

振り返ると、藪中は既に手の届く距離にいた。

「何故って、それは既に伝えているじゃないですか。貴方の存在が、出会った時から俺を捉えて離さない……それだけでは駄目ですか？」

「……っ」

駄目ですかなんて聞くなと、私は声を詰まらせた。藪中は真剣だ。いや、おそらくこれは――。

きっと彼は、無意識下で私の事をオメガだと感じている。

その可能性を、私は完全なる拒否という形で拭う。

「駄目ですね。何ら理由になりません」

「じゃあ、どんな理由だったら伝わりますかっ……」

藪中の瞳が悲しげに揺れる。言葉にも覇気がなかった。

これで何度目だろうか。彼の想いを玉砕し、こっ酷く振ったのは……。心が痛む。それでも毅然と伝えなければならない。

「私の容姿は他人より勝っている……それは自覚しています。傲慢に聞こえるでしょうけど、この顔のお陰で男性からも女性からも告白を受けてきました」

敢えての事実を言った。そんな事を口にするのもおこがましいが、これが一番だと判断する。

「もしかして、俺が高城さんの見た目だけで、好きになった……とでも言いたいのですか？」

藪中が予想通りの反応を示した。険しい表情をしていた。

「だってそうでしょう？　言ったじゃないですか。貴方ほど綺麗な人は見た事がないって……それってそういう意味でしょう？」

挑発するような物言いに、藪中の顔は更に険しさを増した。アルファの迫力に気圧《けお》されそうになったが、私は物怖じせず、言い放った。

「うんざりです。見た目に惹かれたと言われても何も嬉しくない。アルファの人間は、自分に釣り合う容姿の持ち主なら……節操無しですか？」

「――――！」

藪中の目の色が変わった。獰猛《どうもう》な怒りすら見えた。

これでいい。人の気持ちを無下にする、冷酷な男だと思われてもいい。

「では、これで失礼します。今夜は貴重なご意見をありがとうございました――っ……！」

別れの挨拶を告げ、踵《きびす》を返した時だった。強い力で二の腕を引かれた。

バランスを失った私の体が後方へ傾いた。飛び込んだ先は藪中の逞しい胸の中で、体はすぐに抱き締められた。

「ちょっと、藪中さ――っ……んぅ！」

離して欲しいと訴える前に声は塞がれた。顎を捉えられた瞬間、何かが唇に触れた。

――え？

状況が把握出来ない。視界には、藪中の顔が、ほぼゼロの距離であった。

私は何をしている？

何をされている？

そう、これは口付けだ――。

やっと理解した。茫然としながら、それを受け止めた。

夜風がブワリと吹く。公園沿いに並ぶ常緑樹の葉が騒がしく擦れ合った。

「――っ……ふっ！」

音に目覚めたかのように喉奥で声を発した。抱擁《ほうよう》を解こうと、必死に身を捩《よじ》るが、藪中の力強い腕がそれを許さない。それどころか、腰を抱き寄せられた。口付けが濃度を増す。

「――うんっ……!?」

初めての感覚に戦慄《わなな》いた。

呼吸を求めて唇の力を抜いた途端、生温かいものが咥内へと侵入したからだ。

それは紛れもない、熱を帯びた藪中の舌だった。

唾液が交わる。私の舌は彼によってすぐに攫われ、ねっとりと絡み合った。

「――ん……んっ！」

くぐもった声で叫んだ。突き刺さる勢いで、脳にまで電流が駆けたのだ。

決して痛くない。何かこう、芯を揺さ振って甘く抉るような、そんな痺れであった。

それに驚いたのは私だけではなかったのか、藪中の力が僅かに緩んだ。

今だと、私は彼の胸を思い切り突き飛ばした。

「っ……いい加減にして下さいっ！」

「あっ、高城さんっ！」

ふらついた藪中へと怒号を飛ばした後、私は全速力でその場から離れた。

あの男、何て事をしてくれた!?

とにかく走った。濡れた唇が風を受ける。吐息に触れた指先同様、熱を持っていた。

口付けの感触、交わした吐息、粘ついた唾液。その全てがリアルに残っていた。

苦しい――。

心臓が壊れそうだ。呼吸が乱れる。走る中で唇に触れると、まだ濡れていた。

何という事だろうか。

事実を受け止め切れずに、逃げるように走った。

私は三十歳にして、人生で初めて口付けを許してしまった。

しかも、その相手は、最も嫌いな性種のアルファ……藪中路成だった。

違和感

人生初めてのキスはレモンの味がした。

昔、どこかで読んだ、砂糖級に甘い少女漫画の主人公が口にしていた台詞《せりふ》が甦《よみがえ》った。

レモンなんて、そんなバカげた嘘をつくな。

初めてのキスは、ただ熱かった。

熱くて熱くて、唇が火傷しそうなくらい甘く焦げた。体中の血が騒いだ。そこに味なんてなかった。

ただ少し、彼の……藪中《やぶなか》の唾液と混ざり合った、アルコールの味がしただけだ——。

＊＊＊

「おはよう、高城《たかしろ》君。もしかしてさぁ、すっごい不機嫌だったりする？」

出勤した途端、私の顔を見るなり、宮本《みやもと》室長が怖々と尋《たず》ねてきた。

「……いえ、全然。むしろ上機嫌です」

ええ、そうです。それも史上最高に不機嫌極まりないです。

そう口にしたいところだったが、真逆の返答をしながら鞄《かばん》をデスクへと置いた。

機嫌の悪さを隠す理由は、朝から若手研究員が実習に来ていたからだ。主に助手として働いてくれる事になっている。今日の受け入れは二名だ。雰囲気を悪くしたくないが故の、私なりの気遣いだ。

「えー嘘だぁ！　だって眉間に皺《しわ》が寄ってるよ。綺麗な顔が台無しだよ。君達もそう思うよね？」

宮本室長がそんな私の努力を無駄にしては、二人の研究員へと声を掛けた。

彼等はその問いに頷《うなず》く事もなく、引き攣《つ》った笑みを見せた。

どうやら私の機嫌の悪さは隠せていなかったようだ。自省する。

止まらない苛立《いらだ》ちの原因など決まっている。昨夜交わした藪中との口付けだ。いや、無理やりに口付けられた事……だ。

しかし仕事中にこの感情を持ち込みたくない。気を取り直した私は優しさを心がけて微笑んだ。

「大丈夫です。不機嫌なんかじゃありません。今日はよろしく頼みますね」

研究員の二人へと頭を下げた。何故だか彼等は顔を真っ赤に染めながら「はい」と声を合わせる。

何だ、暑いのかと、首を傾げながら黒アンゴラのマフラーを外したところで内線電話が鳴った。

赤く点滅する部署マークは事務局だ。私は受話器を取った。

事務局という事は、彼しかいない。

「おはようございます。どうされました？　神原《かんばら》さん」

『おはよう高城。よく俺だってわかったなぁ』

神原が受話器の向こうで笑う。

「だって、事務局からって概《おおむ》ね神原さんからでしょう？」

『そりゃそうだ。ところで高城、今夜あいてる？　お前、朝一にトーク送ったけど未読のまんまじゃん。だからこっち掛けた』

「そうでしたか。すみません」

詫びながらタイムスケジュールを頭の中で巡らせる。

今日の主な業務は、簡易的な遺伝子実験をここにいる研究員二人を助手にして行う。

午後はその結果に基づきデータを作成する。その合間に精子を調べる予定だ。

定時は無理だろうが、比較的早い時間に終業出来るだろう。

「――あいていますけど、どうしてです？」

『よかった。じゃあイタリアン、行かないか？』

「イタリアン……あぁ、昨日言っていた？」

昨日の朝、事務局前で神原と話していた内容を思い出す。彼は「そうだ」と返した。

「いいですね。行きましょう。ええ……はい、わかりました。では午後七時にS橋駅の西口改札前で」

待ち合わせ時間と場所を確認し、受話器を置いた。

しかし急だ。矢木《やぎ》の件で何か動きがあったのではと予測した。それなら、ある意味歓迎だと、私は期待をかける。

イタリアンか、昨夜の河豚《ふぐ》会席より断然楽しめそうだ。

神原とプライベートで会うのは久し振りだ。彼はよき話し相手となる。気兼ねなく語り合える事も大きい。藪中のように心が揺れる事もない――。

食事……彼は今日も食堂に来るのだろうか。

『高城さんっ！　俺、本気ですから！　諦めませんから！』

想いを告げる声が脳裏を過《よぎ》った。

腕を引かれ、腰を抱かれ、衣服越しに密着する体、重なり合う唇……。全てが鮮明で、高鳴る鼓動が私の心を乱す。

「はぁ……」

ここのところ溜息ばかりついている。溜息一つで幸せが一つ消えると聞く。

もう嫌だ。考えるのは止そう、あの口付けは事故だ。私は口をキュッと結びながら白衣を身に纏《まと》った。

すると、数々の視線に気付く。宮本室長と二人の研究員が私に注目していた。

「……何ですか？　人をジロジロ見て」

「いやぁ、何だか今日は一段と色っぽいなぁと思って。頬を染めながらコートを脱ぐ仕草《しぐさ》が何とも……ねぇ？」

宮本室長が研究員達へと返事を催促する。無言であったが、若い二人は照れた様子で首を縦に振っていた。

「気持ち悪いですね。さぁ、君達！　早く準備をして！　今日の実験内容の段階や目的は理解出来ていますか？　何が必要かわかっていますか？　ほら、まだ全然準備が出来ていないじゃないですか！」

捲し立てられ怯《おび》えてしまったのか、研究員の二人は「すみませんでした」と声を合わせた後、大急ぎで備品室へと向かった。

「遅いんですよ。行動が……」

「まだ若い研究者の卵だ。優しく指導してやってよ。ねっ？」

宮本室長が近くへ寄ってきた。

「宮本室長が余計な事を言うからです」

「ははっ、すまないね。でも、本当に余計な事？」

「……どういう意味です？」

私の言葉態度から何かを察しているようだ。相変わらず鋭い上司だ。

「あれ？　何か、あったんじゃないの？」

確信を含んだ笑みだった。

「特に何かがあったわけじゃないですけど……色々試してみたい実験があります」

昨夜の出来事には一切触れずに、宮本室長の探りを受け流した。

「……試してみたい？」

私が研究を使って話題から逃げたとわかっていても、彼は話に食いついてきた。

「はい。オメガの発情フェロモンに反応した、アルファの精子状態を、詳しく調べてみたいんです」

昨夜の取引が決め手となっていた。アルファである藪中の言葉は大きく、性的刺激をもっと掘り下げていきたいと考えたのだ。

「それって意外に難しいと思うよ。だって意図的にフェロモンに反応する状況を作らないといけないじゃないか」

「でしょうね。そこから精子《たね》の持続力、形状、強さ等、事細かに分析してみたいです」

「そうなったら、オメガの協力も必須じゃないか」

「アルファの精子は、宮本室長のお知合い方のを保存していますので、そちらを使わせて頂きたいです」

許可を求めた。

少量ではあるが、凍結保存してある分だ。しかし、貴重な種だ。無駄打ち的な実験は出来ない。

「うーん、果たして上手《うま》くいくかなぁ？」

宮本室長が唸《うな》り渋った。

「駄目でしょうか？」

控えめに食い下がってみる。それでも彼は頷かない。

「駄目というか、実験にオメガが関わるとなると、話が変わってくる。まずは丁重に願わないといけない。研究は彼等の人権を守る事が前提だからね。発情を作用させるとなると……ちょっとなぁ」

おそらく彼は人体実験の域に踏み込む事を懸念しているのだ。

しかし、それは無用だ。

「大丈夫です」

「何が？」

すかさず返ってきた。私は頷く。

「生体は必要ありません。事務局にオメガ・コールフェロモン剤の使用許可の申請をします」

「えっ、コールフェロモン使うの？　ややこしい事言わないでくれよ。あれ、なかなか許可が下りないよ。貴重だし経費もかかる。下半期の研究助成金の残金、厳しいんだよなぁ……」

泣き言のように金銭事情を打ち明けられた。

オメガ・コールフェロモン剤とは、発情したオメガが発した匂いと、特別な液体を混ぜ合わせた香料だ。

その特殊な化合物は極微量でも、アルファどころかベータ男性すら興奮する作用を持つ。

匂いを嗅《か》げば、たちまち性欲は増し、凄まじい快楽を性交時に味わえるという。わかりやすく言えばセックスドラッグだ。

一昔前までは富裕層が好み、よく使用していたと聞く。フェロモンを利用しての自慰や、性交を楽しむ事を目的として開発されたものだが、その成分は媚薬そのものだ。

そんなコールフェロモンだが、十年ほど前に全面的に規制が見直された。麻薬同等の高い依存性があると、世間で問題提起されはじめた。性犯罪にも繋がりかねないと、当時の政府がやっと動いたのだ。その事から、現在は製造するのにも厳しい審査が入る。理生研の在庫も多くはない。

宮本室長の言い分はわかる。限られた助成金の中で実験を進めるのは厳しいと。

今年度の下半期助成金の残金は、日に日に額を減らしていた。その中から国内外への研修、研究費用、雑費など全てを捻出《ねんしゅつ》する。

支給金額は決して多くない。自らの資産を投資している研究者もいる。宮本室長もそのひとりだ。大学の講義などを引き受けて費用を調達しているのだ。

「とにかく徹底的にやってみたいんです。経費がかかるのは充分承知です。でも、悠長にはしていられません」

懇願した。それでも宮本室長の答えは消極的だ。

「でもねぇ……わかっていると思うけど、上は僕の研究は後回しだし……絶対に許可は下りないと思うよ」

自虐的な台詞だった。矢木を含め、政治家の井ノ崎《いのさき》が動き出している事を知っているからこそだろう。

困ったねぇと呟く彼だが、相変わらず呑気《のんき》な口振りだが、この件については、宮本室長の手を煩《わずら》わせるつもりもない。

「事務局には私の名前で申請書を出してみます。宮本室長は他の業務も立て込んでいるでしょうから……この件は任せて頂けますでしょうか？」

だからこそ今夜は神原との食事だ。彼からの誘いはベストタイミングだと、ほくそ笑む。

課長補佐の神原に、幹部に掛け合うほどの力はないが、有り難い事に彼は理生研幹部には気に入られている。

「いいけどさ、絶対に無理なくだよ？　反感を買ってしまったら終《しま》いだからね。高城君って見た目と違って猪突猛進《ちょとつもうしん》タイプだからさぁ」

宮本室長は念を押しつつも申請書の提出を認めた。

「……ありがとうございます」

一歩前進だ。今は研究の事だけを考えたらいい。

お昼の食堂で藪中に会ったとしても、軽くあしらってしまえばいい。

あの告白も、口付けも何もなかった事にしてしまえばいい。そう思っていた——。

＊＊＊

所員で溢れ返る昼下がりの食堂はいつもと同じ賑《にぎ》わいを見せていた。私は定位置でもある窓際の席に着いていた。

この後、姿を現すであろう藪中に一体どういった反応をすればいいのか。結局午前中はそればかりに考えを捉われて、研究に身が入らなかった。

何とも情けない。

三十にもなる男が、たかが口付けの一つで、何をこんなに心を煩わせているのだ。

最終的に、変に意識をしないでいようという考えに至った。

藪中を徹底的に避けるなら、席を変えてもよかった。彼に気付かれないようにコソコソと食事を摂ってもよかった。しかし、それは私の負けん気が許さない。それこそ藪中を意識した行動だ。

あれだけ邪険にしても彼は引かない。だったら何事もなかったかのように振る舞うのが一番効くだろうといったのが導き出した答えであった。

しかし当の藪中は、なかなか姿を現さない。

所員達の雑談に彼の足音が交じっていないかと、耳で探すが聞き取れない。

おかしい。いつもなら、既に来ている時間だ。

待っているつもりはない。来なければそれで万々《ばんばん》歳《ざい》じゃないか。

グラスを手に取りながら周囲を見渡した。

やはりいない。水を一口飲んだ後、私は食事を摂る事にした。朝食を食べ損ねた胃が空腹を訴えていた。

「――いただきます」

今日は親子丼だ。絶妙な加減で半熟卵が丼《どんぶり》全体にふんわりとのっている。一口、二口と口に入れていく。食事を進めるにつれ、私は変な違和感に苛《さいな》まれていく。

「……静かだ」

違和感の正体はそれだった。

ここのところ毎日、藪中のマシンガントークを一方的に聞かされていたのだ。その張本人がいないとなれば、静かに決まっている。

納得した時だ。人影がテーブルに映り込んだ。

――藪中じゃ、ない？

「………？」

影の形とオーラからして彼ではないとすぐにわかった。訪れた人物を確認すべく、食事を中断して顔を上げた。

「――よぉ、高城ぉ」

視線のすぐ先には、小太りで背の低い男性研究員が立っていた。トレイに大盛りカレーを乗せた男はニヤニヤと笑っていた。その顔はニキビとそばかすだらけだ。

この人物を知っていると、私は暫《しばら》く男を凝視した。矢木の研究室で副室長を務めるこの男は――。

「お疲れ様です。えーと……」

名前が出てこない。自分にとっては、どうでもいい人物だからだ。

「柴田《しばた》だよ！　お前、人の名前いい加減ちゃんと覚えろ！　調子に乗りやがって！」

ネームプレートを確認する前に、彼自ら名乗ってくれた。

そうだ柴田だと、やっと名前と顔が一致した。

「調子になんか乗っていませんけど」

「はぁ？　アメリカの化学誌に取り上げられたからってイイ気になってんの丸わかりだぜ」

どうも喧嘩《けんか》腰だ。それにもかかわらず、柴田はテーブルにトレイを置き、私の正面の席に座った。

何故座るか？

この男が私の事を嫌っているのは一目瞭然だ。

私もそうだ。矢木側の人間だと思うだけで鬱陶《うっとう》しい。不快感が強まった途端、私と柴田の舌戦が、始まる。

「イイ気になんてなっていませんけど……もしかして嫉妬《しっと》してます？　貴方の稚拙《ちせつ》な論文が最終選考で落とされて掲載されなかった。それが悔しくてたまらない。だからそんな事を言うのでしょうか？」

最初から最後まで一気に尋ねてやった。

「な、何が稚拙だ！　お前はなぁ、一言どころか二言も三言も多いんだよ！　ムカつく野郎だ！」

怒らせたようだ。そうさせたのは私だが、柴田はギャンギャンと吼えた。彼の口からは唾液の飛沫が飛んだ。

汚過ぎる、最悪だと、私の食欲は急速に失せた。

この柴田という男はなかなかのお坊ちゃん育ちで、金とコネを使って理生研に入所したと聞いている。

私より二歳年上で、矢木に心酔する筋金入りの大バカ野郎だ。矢木と似た者同士というか、類は友を呼ぶというか、何とかだ。

研究者としてのレベルも低い。ベータではあるが、ここまでの無能っぷりは珍しい。

こんな奴等の下で藪中は勉強をしているのか？

些《いささ》か気の毒だった。彼のような優秀なアルファが、矢木や柴田から学ぶ事など何もないだろうにと、同情すらする。

「……おい高城。宮本室長の研究、全然進んでねぇんだって？」

柴田がカレーを食べながら嘲笑《あざわら》ってきた。

汚い食べ方だ。お坊ちゃんの割には行儀が身についていないようだ。

「…………」

私は無言を決める。こんな時は下手に答えず、勝手に喋《しゃべ》らせるのが一番だ。

矢木の研究の進み具合や内容など、情報がキャッチ出来るかもしれないと目論《もくろ》んだからだ。賢い人間はそれを見抜くだろうが、柴田は思惑通りに乗ってくる。

「こっちは順調も順調！　流石《さすが》矢木室長ってとこでさ。井ノ崎大臣の件も聞いただろ？　やっぱりわかる人にはわかるんだよなぁ……本当に優秀な人っていうのがさ」

フフンと鼻を鳴らすその仕草は、まさに子豚そのもので……。

「あ？　何笑ってんだよ。無駄に整った顔しやがって！」

「ですね。貴方より整っていると思います。でも、それとこれは今は無関係ですよね」

「煩《うるさ》いっ！　そんな憎まれ口叩けるのも今のうちだからな！　矢木室長が宮本なんかに劣るわけがないんだ。それを近いうちに、お前等にわからせてやるからな！」

ヒートアップした柴田が煩くて仕方がない。これなら藪中と一緒にいる方が何億倍もマシに思えてならない。

そうだ、この男なら知っているのかもしれない。

ハタと気がつき、私は迷わず尋ねた。

「ところで、今日藪中さんはいらっしゃらないのですか？」

「お前、人の話聞いてたのかよ！」

「ええ、ちゃんと聞いていましたよ。矢木室長は宮本室長の足元にも及ばない……って話でしたよね。仰《おっしゃ》る通りです」

「言ってねぇよ！　ふざけやがって!!」

揶揄《からか》って煽《あお》ると、柴田はとうとう顔を真っ赤にする。

「そうでしたか？　それで藪中さんは？　今日はずっと研究室ですか？」

「お前に関係ないだろうが。まぁ、あの藪中グループの御曹司《おんぞうし》様が、こっちの研究室に肩入れしてんだもんなぁ。そりゃあ気になるよなぁ」

藪中グループが後ろ盾になっている事を自慢したいのだろう。

「……話す気がないならいいです。では、これで失礼します」

嫌気が差した。柴田と一緒にいるだけでバカになりそうだと、席を立ったところで答えが返ってきた。

「藪中の御曹司様は今日来てねぇよ。グループの緊急会議だ」

「緊急会議……」

それでと、私は瞳を瞬いた。姿を現さない理由がわかり胸を撫で下ろしたが……違う。

安堵《あんど》するのは、そこじゃないだろう。会わずに済んでよかったじゃないか。

「いやぁ弱冠二十三歳にしてあの巨大グループの次期後継者らしいし。今後とも、矢木室長とも良好な関係を……あ、こら待てっ、無視すんな!!」

＊＊＊

柴田の話を最後まで聞かずに、私は食堂を去った。

緊急会議なら来ないはずだ。藪中不在の理由に改めて納得した私は、研究室へ続く廊下をゆったりとした足取りで歩いた。

久々の平穏に心はリラックスしている……しているはずなのに、気持ちはどこか虚《うつ》ろだ。藪中の話し声や笑い声が脳内にこだまする。消し去っても消し去ってもだ。

これはあれだ……ある種の洗脳だと、私はスピリチュアル論を引っ張り出した。

今日も来るかもしれないと、脳は予測反応し構えていたのだ。昨夜の口付けも作用している。

会えなくて寂しいといった感情は一切ない。

私は唇へと指先を這わせていた。無意識だった。

酷くカサついた表皮は、藪中の潤いに焦がれているようだった――。

地下鉄のホームを埋め尽くすのは、仕事を終えたサラリーマンやＯＬ達だ。

予定通りに業務を終わらせた私は、神原との食事の為、待ち合わせのＳ橋駅西口改札に向かっていた。大勢の足音が響くホームは煩くて苦手だ。

総人口一億人を切った日本だが、こんなにも多くの人で溢れ返っているじゃないかと、行列を成したエスカレーターに乗った。ここもギュウギュウ詰めで、圧迫感が酷い。

早く人混みから解放されたいと、周囲を見渡す。一段上に立つのは、甘いシャンプーの香りを放つ女性だ。後ろに立つのはスーツを着用した中年男性。エスカレーターを使わずに、元気よく階段を駆け昇るのは若い男性だ。ここにいる全員が『ベータ』なのだろう。

人口の九割方がベータという統計は正しい。それなのに私は残りの一割に分類されたオメガだ。

何の悪戯《いたずら》でオメガとして生まれてしまったのだろう。しかも未発情で不完全。

未発情のままならオメガでも問題ない、生きていく事にも困らない。この体の不思議さえわかればいい。それで構わないと言い切っていた。しかし状況は見事に引っ繰り返された。突然発情するかもしれないという可能性に怖気づく自分がいた。

あのオメガ事件が、ずっと頭にこびりついて離れない。

青年のように突然発情した場合はどうしようもない。その後に待つ人生は、地獄だろう。

「――っ」

震えた。

本当に煩わしい事だらけで嫌になる。

矢木の件に加えて、なかなか進まない研究。そして、あの藪中も――。

「――おーい、高城！」

「――！」

思いに耽《ふけ》るうちに改札付近まで来ていたようだ。

改札口の向こうには、私に呼び掛ける神原の姿があった。彼は爽やかな笑顔で手を振っていた。

「すみません、神原さん。お待たせしてしまって……！」

ＩＣ定期券を手に改札口を通り抜ける。

「いや、少し前に来たところ。ちょっと寄りたいところもあったし」

「そうですか。今夜はお誘い頂き、ありがとうございます」

会釈《えしゃく》した。そんな私の肩を神原が軽く叩いた。

男らしくて大きな手だ。黒のトレンチコートを着用している為、今はスリムな体型に見えがちだが、隠された体は逞《たくま》しい。学生時代、ラグビーで鍛《きた》えた筋肉は立派だ。体力とスタイル維持の為の努力を怠らず、時間を見つけてはスポーツクラブに通っているのだとか。

「堅苦しいなぁ。俺に対しては砕けていいんだって。気心知れた同期だろ？」

親しい友人がいない私にとって、神原は貴重な存在だ。心を許している方だろう。しかし、いくら親しい間柄でも、この接し方が私のスタイルだ。

「しょうがないじゃないですか。これは癖なんです。それより早く行きましょう。実は昼食を殆《ほとん》ど食べてなくて空腹なんです」

「うん、行こう。ここから近いから」

「楽しみです。さっきスマホでお店の情報を調べたら、どうやらエビをメインに扱っているイタリアンだそうですね」

前情報として調べたが、神原は私の好みをよくわかっているようで、表示された料理の画像にはエビがふんだんに使われており、興味をそそられた。

「そうそう、だって高城、エビ好きだろ？」

「ええ、好きです」

他愛のない会話を交わしながら神原と並び歩く。

駅の西口に出ると、高層ビル群がまず目に飛び込んだ。街全体はギラついた光に包まれ、大通りを行き交う車も多い。所々でクラクションが鳴っていた。

つくづく煩い街だ。出来れば静かな場所で過ごしたいものだと、両親と過ごした日々を、何となく思い出した。

実家は郊外の静かな住宅街にあって、こんなにゴミゴミしていなかったと、つい比べてしまうが、私は思い出を一旦閉じた。

最近どうも色々な事を考えがちだ。それどころじゃないというのにと、私は進む足を神原に合わせた。今夜が重要だ。私はある事を決めていた。決行するには神原の協力が不可欠だと、タイミングを見計い、本題を切り出そうと。

「――高城、どうだった？」

食後酒に選んだ甘口のワインを味わう神原が食事の感想を求めてきた。私はアマレットを口に運びながら小さく頷いた。デザート感覚で飲める、このアマレットは甘さとほろ苦さがマッチしたアルコールだ。多くの女性が食後にスイーツを食すところの感覚に似ているのかもしれない。

「とても美味《おい》しかったです。特にウニとオマールエビのクリームパスタは絶品でした」

「あ、俺もそれ美味《うま》いと思った。あとエビの出汁《だし》を使ったオムレツも美味かったなぁ……」

「そうですね。ここはお店の雰囲気も落ち着いていますし、来てよかったです」

グラスをテーブルに置き、店内を見渡した。

広いフロアの中央には大きな木が植樹さている。天井には丸い天窓があり、空模様を楽しむ事が出来る。何とも洒落《しゃれ》た演出と内装だ。

人気店なのだろう。満席に近いが、各席は適度な距離で配置され、他人の存在を感じず過ごせるようにと配慮がなされている。

値は張るがここならそれなりの値段がしても文句はない。エビ好きにとっても外せない店だろう。

昨夜は高級河豚料理を目の前にして戸惑っていた

くせにと、鼻で小さく笑った。藪中と交わす酒も、河豚も美味しかったけれど――。

「――高城?」

思い浮かべた藪中の顔は神原の声によって掻き消えた。ひとり笑う私を神原は不思議そうに見ていた。

そろそろだと、私はここで切り出す事にした。

「――で、神原さん。今夜の誘いの目的は? そろそろ本題に入りましょうか」

「ははっ、どうしてそう思う?」

「だって、昨日の今日ですから。そんなにも早く私を誘いたかったのかと思いましたよ?」

「まぁ、そりゃあ高城と食事したかったのもあるけど……」

彼はワインをもう一口飲んだ後、天窓の方を眺めた。

「――けど?」

いつも明朗快活な彼なだけに語尾を濁すのは珍しい。

「……あんまりいい情報じゃないっていうか、やっぱりというかって感じなんだけど」

神原は難しい顔をした後、スポーツマンらしい瞳をキリッとさせた。

「――明日、井ノ崎大臣が急遽《きゅうきょ》理生研に来るらしい。しかも冴嶋《さえしま》センター長と矢木の三人で懇談を行う予定だ」

「何ですって……!?」

「高城、ちょっと静かに……」

声を張り上げた私を神原が窘《たしな》めた。

思いのほか、私の声はフロア全体に響いていたようだ。静かな空間が邪魔されたと言わんばかりに、隣席の客が目で訴えてくる。失礼な事をしたと、口を掌《てのひら》で覆った私は気持ちを落ち着かせた。

神原が声を潜《ひそ》めて言う。

「……最初は冴嶋センター長と井ノ崎だけだったらしいけど、そこに矢木も交えてだなんて、あからさま過ぎるよな」

言葉通りだ。

三者の繋がりが強い事を改めてアピールしているのだろう。

宮本秀作《しゅうさく》に入る余地はない――。

そう宣言されているように感じてならない。

実際そうだ。矢木だけでなく冴嶋センター長も宮本室長を煙たがっている。

「宮本室長を邪魔と思っているのは、矢木室長だけじゃないって明言してるようなもんだよな。嫌なやり方しやがって」

同じ事を考えていたのか、神原は悔しそうに口を一文字に結んでいた。

「……いくら世界で認められても、この日本に宮本室長は必要ないという事でしょうね」

「そうかもな……」

神原も同意せざるを得ないといった様子で呟く。

世界の化学機構や遺伝子工学界は、確かに宮本秀作を讃えている。何故日本は、もっと彼の活躍の場を増やさないのだと憤慨《ふんがい》する研究者も多いと聞く。

日本理生研はどこまで行っても国立の機関だ。化学界や医学界を含め、全ての決定事項や方針は政府に委ねられている。

しかし日本以外の先進国は各国と情報共有しながら、化学を含め様々な分野で発展している。

日本は時代遅れといっていい。

かつては、アメリカに次いで経済大国第二位の栄華を誇っていた日本だが、それはもう昔の話だ。

今となれば、中国どころか急成長を遂げたアジア諸国にも追い抜かれていた。

順位は年々下がり、日本の存在感が薄れつつあるのだ。そこに人口減少だ。日本の未来のために多方面から根本的に見直さないといけない。

そこで政府が理生研に要求したのが『アルファ』の人口を増やすといった、ある意味安直で、実行するには難しい実験研究だ。

もっと見つめるべき点は他にたくさんあるだろう

にと、私は奥歯を軋《きし》ませた。

宮本室長をあいつらの所為《せい》で埋もれさせるわけにはいかない。

世界の化学界は日に日に進歩している。

私利私欲に塗《まみ》れ腐った日本理生研を、どうにかしたいと考えているのは、世界の化学者達だ。それは日本理生研にとってはお節介以外の何ものでもない。

年に一度、先進国の化学機構の幹部一同が集《つど》う国際化学会議がある。その場で何故宮本秀作をもっと研究の表舞台に立たせないのだと、世界各国から言及される方が冴嶋にとって具合が悪いのだ。宮本室長も疾《と》うに知っている内情だ。

今回の研究で宮本室長が大きな結果を出したとしよう。

世界化学機構もいよいよ本格的に動き出した上で、日本理生研にメスを入れるだろう。それを危惧した冴嶋をはじめ、理生研幹部勢が前もって阻止しにかかっているのだ。

私は俯《うつむ》きながら、憶測ではない事実を語る。

「化学環境省大臣を務める井ノ崎を取り込んでおけば、冴嶋センター長は今まで以上に理生研を好きなように操れますものね。矢木も似たような人間です。だからこそ手を取り合っているのでしょうね」

「……そういう事だろうな」

神原が複雑そうな表情で肯定した。

「元々、宮本室長を副センター長にする気もない。矢木との研究競争も、とんだ茶番劇に等しいって事ですよね……」

不意に虚《むな》しさが込み上げた。

どれだけ必死に研究に励んでも、権力が次々と伸し掛かる。悔しさからか、テーブルの上で握り締めた手は震えていた。

「井ノ崎も今後の為に理生研を味方につけておきたいからな……」

神原の物言いは何かを示唆《しさ》していた。何かをキャッチしていると私は覚《さと》る。窺《うかが》う視線を送ると彼はすぐに答えをくれた。

「早速ってところかな。井ノ崎の時局講演会のパーティー券が事務局に山ほど届いて、さばくのが大変だよ」

時局講演会、政治家の資金源となる支援者を募るパーティーの事だ。大物議員ほどその規模は大きくなる。

「どうして理生研事務局がそれをばら撒くのです。関係ないでしょう?」

そんな仕事は、井ノ崎の公設秘書や私設秘書の役割だ。

「わかんない? 冴嶋センター長からの事務局への指示だよ。井ノ崎と理生研の間で何が交わされたか、やっと明確になったよ」

「——もしかして……そういう事ですか?」

話された内容を頭で整理し、パズルのように組み立てた。

「そういう事。今、与党の支持率が大幅に下がってるだろ。もうすぐ国政選挙も迫ってる。ここで負けでもしたら与党は野党に転落ってわけだ。そうなれば井ノ崎だって終わりだ。今までのように大臣の椅子に胡坐《あぐら》をかいてられないって事だ。権力を手放したくなくて、必死なんだよ」

人間とは試されるものだ。

一度権力という武器を手にすると、人としての真価が問われる。最初は謙虚であっても、たちまち醜《みにく》い生き物へと変えてしまうのが『権力』正に『魔性』だ。

私は答えを導き出した。

「要するに井ノ崎は理生研の『組織票』を欲した。特に彼の選挙区は激戦ですからね。冴嶋センター長は票の代わりに諸々の条件を出した。今の与党に踏ん張ってもらわなければ理生研的にも困る……そういう事ですね?」

日本理生研と繋がる団体や組織、企業は数多くある。丸ごと支援票に繋がるとなると、かなりの票数になるだろう。支持母体並の票数が井ノ崎に流れる事となる。今の与党のやり方は、冴嶋にとっては好都合だ。

両者の思惑が一致した結果、真っ黒な取引が行われたと、私は確信した。

対立する野党第一党が今回の選挙で政権を握った場合、日本化学界や医学界、農業や産業を含めて日本は大きく変わるとされている。

国民の信を問う国政選挙になると連日報道されているが、現状では与党が有利で、その差は微々たるものだ。選挙は風だ。油断出来ないというのが井ノ崎の見解だろう。

「ご名答。ホント汚い世界だよな。どいつもこいつも真っ黒だ。政治も理生研も……真面目にやってるこっちがバカみてぇ」

神原の顔からやる気が失せはじめる。

「……そんな事ないです。真面目に働いていれば、いつかきっと報われます。たとえ結果がどうであれ、その過程で得た事は力になりますし、後悔はしないはずです」

神原は「そうだよな」と呟き、再び食後酒のワインを口に運んだ。

そう、報われるはずだ。最後に勝つのは真面目と誠実さだ。先の虚しさを消すかのように、私は自らに言い聞かせていた。

井ノ崎がこうも表立って動くとは思わなかったが、選挙絡みなら納得だ。我欲《がよく》の塊《かたまり》ときている。

藪中グループも同類だ。理生研との繋がりを深める為に息子である藪中路成《みちなり》を送り込んだ。様々な欲望が絡み合っているのは一目瞭然だ。

それらを敵に回すのは、相当な労力と勇気が要るが、私は戦うと決めた。

「……明日井ノ崎が来る事は間違いないんですね？」

念を押すように問うと、神原はコクリと頷いた。

「どんな懇談が行われるんだろうな。そもそも矢木も何でそこまで宮本室長を目の敵《かたき》にするんだろうなぁ……わかんねぇな」

「ただの醜い嫉妬《しっと》ですよ。あの二人は同期ですからね。凡人である矢木にとって、天才的な宮本室長が羨《うらや》ましくて仕方がないんですよ。情けない話です」

アマレットをクイッと飲み干した。神原が私の動作を追うよう視線を送る。何かを言いたいようだ。

「……それで、高城の話は？」

神原は少し身構えた様子だ。彼も切り出すタイミングを見計らっていたのだろう。

私は空になったグラスをテーブルに置き、ゆっくりと口を開いた。

どうか神原が引き受けてくれますようにと願いながら――。

「……少し、難しいお願いなのですが……」

「げぇ、マジかよ？　出来る範囲で頼むぜ」

神原は顔を強張《こわば》らせた。

「マジです。それに、神原さんにしか出来ませんし頼めません」

ニコリと微笑み首を小さく傾げた。

「――っ……！」

彼が顔面を片手で覆った。その顔は真っ赤であった。

「飲み過ぎですか？」

「違うって……お前、それ反則だってば」

「はい？」

何が反則なのか。私はルール違反を犯した記憶などない。あるとすれば、性を偽りベータとして生きている事ぐらいだ。それこそが最大級のルール違反だと、誰もが言うだろう。

そして、今から依頼する事もルールに反する。しかも神原を道連れにしてしまう。

「――で、何？　早く言えよ」

神原は更に構える姿勢を見せた。

私は小声で言った。

「……夕方、オメガ・コールフェロモン剤使用許可を私の名前で申請しました」

「げっ！」

彼は全てを理解したのだろう。勘弁してくれと言いたげに表情を歪めた。

「そうです。そこを何とか、神原さんの力で許可が下りるようにして下さいませんか？」

「高城～それは流石に厳しいって！　バレたら俺、始末書じゃ済まされねぇよ……」

青褪《あおざ》めた神原は両手で顔を隠した。赤くなったり、青くなったりと表情が忙しい男だ。

コールフェロモンの申請が通らないのは承知の上だ。

状況はかなり厳しいが、それを打開するのが宮本室長を補佐する私の役目だ。

彼の研究のセンスや知識、正義感……そして不正を許さない心が日本化学界に必要だ。その為なら私は何でもやる。

神原の協力がどうしても欲しかった。

「あれってさ、なかなか使用許可が下りない上に、かなり貴重だろ？」

性的反応を激しく引き起こすコールフェロモンは、取り扱いに厳重な注意を払わなければならないが、実験目的ならば研究室でのみ使用が認められる。あくまで申請が通ればの話だが。

「そうです。ただでさえ宮本研究室に所属している私からの申請ですから、事務局はすぐに使用不可の印を押すでしょう。だからこそ神原さんにお願いしているのです」

ここからが本題だ。

「……うーん」

唸り声で返された。神原の眉間には皺が寄っていた。

ギリギリのところまで追い込んでいる自覚はあった。しかし、ああだこうだと言っていられない。これしか打開策は見つからなかった。時間はない。井ノ崎が明日、理生研に来るという事自体がリミットが迫っている事を意味していた。

「それって事務的な処理で……って事だろ？」

神原が問う。

「はい。可能ですか？　もし本気で無理なら言って下さい。私も無理強いはしません。宮本室長に加担したと知れ渡ったら、神原さんも、ただじゃ済まないでしょうから。でも、神原さんにしか頼めないから、こうやって言っているんですけどね」

謙虚な態度ながらも、神原の良心に訴えた。

「怖い事言うなよなぁ……う～ん、そうだなぁ……」

再び唸った神原に、私はすがるような目を送った。

「――出来ない事は……ない。かな？」

何とも自信なさげな彼だが、手はあるようだ。期待の眼差しを向ける。

「結局さ、研究に使用する薬品関係の申請書類って、毎日山のように各研究室から届くんだよ。申請した分は、早ければ翌朝には許可が下りて使用出来る……知ってるだろ？」

私は首を縦に振った。

神原が続ける。

「事務局で申請受理した後は、医務局薬品部に通達が行って薬品が用意される。そこに申請者が取りに行く流れってのもわかってるよな？」

「はい、わかります。医務局は基本、事務局の処理通りに動くと。課長補佐である神原さんは、その山のように届く書類に、毎日目を通していますよね？」

「高城……お前、それわかってて俺に頼んでるんだろ？」

「そうです。一度申請が下りれば、こっちのものです」

「わかったよ。でも、バレないとは言い切れないからな？　俺、今にも口から心臓が飛び出そうだし、まずい事引き受けたって思ってる」

応諾しながらも、神原は強い緊張を露にする。

「……すみません。ありがとうございます」

深く頭を下げた。

危ない橋を渡らせている事には間違いない。下手をすれば降格レベルだ。それでも彼にしか頼めない。彼しかいないのだ。

「高城の申請書は誰よりも先に目を通すよ。上には渡らないように、明日の朝一で何とかする」

覚悟を決めたようだ。

「出来るのですか?」

「あぁ、出来る……やるよ。だって部長までの印鑑なら俺の手元にあるしな」

「何ですか、それ?」

何の為に上司の印鑑をと、疑問を抱きかけたが、理解した。

「――全く、事務局も部長からして駄目ですね」

私の推測は間違っていないだろう。

神原の上司勢が仕事を怠っているという事だ。

膨大な量の資料や書類に、印を押す事すら面倒だからと部下へと丸投げしているのだ。たとえそれが、重要な申請書類でもだ。

「ははっ、俺もそう思ってる。大事な仕事すら上は適当だ。でも、それが昂《こう》じて今回は助かるかもしれない……だろ?」

「まぁ、そうですけど……」

「でも、どっちにしても、いずれバレるだろ? 研究結果には何をどう使ったとか、詳細を記さないといけないだろうし……コールフェロモンの使用はわかる話だろ。そこまでは俺、フォロー出来ないからな」

「大丈夫です。結果さえ出れば、そんな事は小さな障りにすぎませんし、必ずそうさせてみせますよ。とにかく今は結果が第一です」

誰もが頷く結果を出せばいい。後はどうにでもなる。いや、するのだ。乱暴な方法だが、それだけ切羽詰まっている状況だ。

それなのに宮本室長ときたら未だ呑気だ。凄いと思う。まるで私が孤軍奮闘《こぐんふんとう》しているように思えるが、宮本室長なりの考えがある。私はそう信じている。

「そうは言ってもよ……」

今になって不安になってきたのか、神原が消極的な声を上げた。

「申し訳ないと思っています。無理難題を突きつけて……神原さんには感謝してもし切れません。全責任は私が負いますから」

「全責任って、そこまで重く感じるなよ。俺が自分で協力するって決めたんだ」

「……神原さん」

潔《いさぎよ》い台詞に私は思わず感極まった。

「でも確かに、俺って高城の為に結構動いてる気がするなぁ。今までも含めて」

厭味《いやみ》ではない茶化しに私は頬を緩める。

「この件が落ち着いたら、是非お礼をさせて下さい」

「じゃあ、ここは高城の奢りな」

「そんなのでいいんですか?」

対価としては安過ぎないだろうかと聞くが、神原は白い歯を見せ、ニッと微笑んだ。

「いいぜ。ここ結構高いし」

「わかりました。奢らせて頂きます」

「よし、密約成立だ。上手くいったらすぐに連絡する」

「はい。よろしくお願い致します」

確かめ合うようにして二人で強く頷いた。

そろそろいい時間だ。締めとしてコーヒーを注文しようとした時、それは訪れた。

「――え……?」

視界を横切った人物に瞳が奪われた。嫌というほど、見覚えのある男が、すぐ傍《そば》を通ったからだ。

声に気付いた男が、弾かれたようにして振り返る。

「――た、高城さん!」

「――っ……!」

藪中だった。心拍数が上がった。

あ――。

次は心の中で声を発していた。

藪中に寄り添う一人の女性が目に入ったからだ。

なかなかの美女だ。

彼女は藪中の腕に自らの腕をしなやかに絡めていた。藪中も彼女の細腰に手を添えていた。その密着度合い、優しくエスコートする姿。大切な人を扱う仕草そのものだ。親密な関係にあると一目でわかった。

「…………」

得体の知れない何かが心の底から突き上がってきた。それがキリキリと胃を刺激しはじめる。

不快な感情の正体は名前こそつかないが、自分の中で理由をつける。

藪中と会ってしまった事で、私の不愉快指数が急上昇したのだと。

最悪の偶然を恨んだ。

昨夜の口付けが鮮明に過る。苛立ちと胸の鼓動が交錯する中、私は双眸《そうぼう》を細めて藪中を睨み見た。

「――高城さん、まさかこんなところで会えるなんて！」

対する藪中は、喜びの感情を素直にぶつけてくる。

昨夜の事を忘れたのか。私に何をしたか全然わかっていないのか。反省のかけらも見えない態度に私の神経は逆立つ一方だ。

「……あ！　御曹司のアルファ君だ」

神原が藪中をそう呼んだ。

藪中の目つきが変わる。神原をジッと射貫《いぬ》きながら小さく会釈をするが、その瞳はどこか冷ややかだ。見る者の心臓を凍《こご》え震えさせるほどの迫力があった。

「――っ！」

藪中に気圧《けお》されたのか、神原は座ったままの体勢で身を引いた。椅子がガタリと鳴る。スポーツマンタイプの男ですら、この様だ。アルファという存在を認めざるを得ない。それにしてもすこぶる偉そうだ。神原は年上だぞ。もっと敬《うやま》えないのか。態度の悪さを戒《いまし》めてやりたいくらいだが、次の瞬間には礼儀正しい挨拶《あいさつ》を神原と交わしていた。

「――路成さん、この方達は、お知り合いか何か？」

連れ添った女性が猫撫で声を発する。大きく円《つぶ》らな瞳で藪中を見上げていた。

可愛らしい仕草だ。堕《お》ちる男は多いだろうが、藪中は彼女に一切目もくれずに、私と神原を見つめる。いや、睨んでいる。

「ねぇ、路成さん？」

何も言わない藪中に女性は不満気に答えを催促する。

毛先が綺麗に巻かれた亜麻色の髪がフワリと揺れた。グロスの塗られた小さな唇が艶やかな光りを放っている。ファー付きの真っ白なコート、その裾から伸びる細い脚の先には高いヒールを履いていた。どうやって歩くんだこれと思いながら、私は並び立つ二人の男女をしげしげと見つめた。

彼女の頭は藪中の肩下までしか届いていない。ヒールを履いてこれだという事は、かなり小柄な女性なのだろう。

「あぁ、すみません。今、研究所でお世話になっている方達です」

藪中が最上級の笑顔で答えた。彼女は頬をカッと染めた。

何だ、これは——。

何かが燻る。

私に向けられたのと同じ笑顔だと思うと、違和感は更に大きくなった。

誰にだって、そうやって笑いかけるんじゃないか——。

さすが、人々を魅了するアルファ様だと心で皮肉を吐いた。

この女性はおそらく藪中の恋人だ。

しかも美男美女のカップルじゃないか。

そう認識した途端に怒りに似た感情がドッと湧き出してきた。

怒り……そうか。

ひとりで納得したのと同時に私は鞄とコートを手に、静かに席を立った。

「お、おい高城、コーヒーは？」

突然帰り仕度し、コートを羽織った私を神原はきょとんとした顔で見上げた。

「要りません。神原さん、帰りましょう」

「えっ、あぁ、おう……」

早口で促すと、彼も慌てて店を出る準備をした。

「高城さん！　ちょっと待って……」

傍を通り過ぎる私を藪中は呼び止めるが、聞こえない振りをして、素早く会計を済ませた。

早くこの場を離れたい。

胃がムカムカする。

アンティーク調の扉を開け放ち、外へと出た。冷たい外気が襲う。暖房で暖められた体が寒さで震えた。

それよりも心が震えて落ち着かないのは、どうしてだろうか――。

「た、高城、待ってくれよ！　どうしたんだよ」

神原が慌てて後を追ってくる。私の横に並んだ彼は、不思議そうな顔をしている。それもそうだろう。私の顔は不機嫌そのものだからだ。

「……………」

無言で足を進める。

気にしないようにすればするほど、気持ちは渦巻《うずま》くばかりだった。

どの口が私の事を好きだと言うんだ。

バカにして、と、今にも出そうになる言葉を呑み込んだ。

口付けまでしておいて、今までの言葉は全部嘘だったのだ。ちゃんとした恋人がいるではないか。上手く言葉に出来ないが、結果として私の心は彼に弄《もてあそ》ばれたのだ。面白半分だったに違いない。

アルファに感情を乱された自分が許せない。胸を騒がせた事も恥ずかしい。

滑稽《こっけい》だった。

それが怒りに繋がっていた。

「――高城さんっ!!」

背後から藪中の声が飛んだ。

追いかけてきたらしい。昨夜と全く同じシーンだと、笑えてきた。

「……何ですか？」

渦巻く感情を押し殺した私は、得意の無を貫き、能面を被った表情でゆっくりと振り返った。

「高城さん、あの今のは、違いますから！」

弁解するような物言いだ。

「何がです？」

「だから彼女は、取引先の御令嬢で特別な関係でもなくて……っ」

「さっきから何を言っているのです？」

「えっ？」

藪中は瞳を瞬いた。

「さっきの彼女がどうだとか、私には何の関係もありません。そうでしょう？」

「……っ！」

藪中は言葉を詰まらせた。


神原の存在を気にしているのだろう。下手な事は言えないと、彼なりの配慮があった。

「……何をしているのです？　可愛い彼女を放っておいては駄目でしょう。私は神原さんと帰りますので、引き続きデートを楽しんで下さいね」

神原の腕を力任せに取った。

「えっ？　あ、おい、そんなに引っ張るなって！」

神原の制止など今はどうでもよかった。

得体の知れない感情に、自分が支配されそうだったからだ。酷く苛々していた。心に浸透してくる違和感が怖かった。

これもそれも全部、藪中が原因だ。

「高城一体どうしたんだよ？　御曹司君と仲悪いのかよ？」

「…………」

私は何も答えない。答えられる心理状態でもなかった。

神原の腕を取り、ひたすら駅まで突き進んだ。
正体不明の葛藤がずっとずっと続いていた。
この時、藪中がどんな眼差しで私と神原の後姿を見ていたかなど、知りもせずに――。

藪中に口付けられた事も、彼が女性と逢瀬《おうせ》を楽しんでいた事も、全部頭の中から追い出してしまいたい――。

心を乱される時間が勿体無《もったいな》い。

今の私には最優先すべき事があると頭では理解している。

それでも、ふとした拍子に思い出してしまうのは、あの夜交わした口付けの感触や、腰を引き寄せられた腕の強さだ。

それは忘れるどころか、徐々に熱を帯び、日に日に体を蝕《むしば》んでくる。

そんな言葉が当てはまった。決して認めたくないけれど――。

今朝から曇り空が広がっている。生憎《あいにく》の天気だった。日光は分厚い雲に覆われており、研究室はどんよりとした空気に包まれていた。


「……もう、鬱陶しいにも、ほどがある」

ファイリングした資料を閉じながら、私は重い溜息をつく。

「高城君、もしかして鬱陶しいって僕の事!?」

宮本室長が過剰反応を示した。

どうやら心の声が漏れていたようだ。私は否定する。

「いえ、違います」

「なーんだ、よかったぁ」

あっけらかんと笑う宮本室長だが……。

「でも、さっきから雑誌の頁を捲る音と、厭らしい笑い声はウザったいですけどね」

私は淡々と告げながら、纏めた資料をスチール棚に並べ、次に整理するファイルを探した。

「……えっ!?」

宮本室長の肩がビクリと震えた。彼は焦った様子でグラビア雑誌を片付けると、仕事を再開する素振りを見せる。

宮本室長は基本的にエンジンがかかるのが遅い。いや、遅過ぎる。本当にお気楽過ぎて逆に悲しくなってきた。

「そうだ……藪中さんとは良好な友情を築けてるかな？　彼は賢いだろう。僕も一度ゆっくり語り合ってみたいなぁ」

何故ここで藪中の話題なのだと、疲労感が押し寄せた。露骨《ろこつ》に嫌な表情をしていたのだろう。宮本室長が苦々しく笑う。

「そんなに毛嫌いする必要ある？　人間的に否定しなくてもいいじゃないか。彼、誠実だろ？　アルファだからといって驕《おご》る様子は特にないし、何より素直だ」

出会って二週間と少しだが、彼のそういう面は、私も充分にわかっている。

圧倒的な存在感やオーラは、どうやっても隠せないが、藪中路成という人の人柄については宮本室長の言う通りだ。

アルファの概念を覆された気もする。今まで出会ってきたアルファは皆、傲慢で偉ぶって他性を見下げていた。

冴島がいい例だ。

あの男はアルファである事を最大限に利用し、理生研のトップに君臨《くんりん》しているのだ。

「別に、仲良くなんかありませんし、あっちが勝手に……関わってくるんです」

「え、そうなの？　本当に嫌なら、君の性格上、もっと拒否してるでしょう？」

「……彼の場合、拒否しても無駄ですから」

何度も嫌悪を露《あらわ》にし、冷たくあしらってきたが、藪中は全然堪《こた》えない。

しかし、昨夜は違った。

彼も少し感情が乱れているようだった。息を切らして私を追いかけてきた姿、訴えかける顔は、どこか切ない表情にも見えた。

隣にいた女性を彼は違うと言った。嘘をつくなと言いたい。あれだけ体を寄せ合っていたのだ。特別な関係に決まっている。恋人でない男女が、あそこまで親密だろうか。

自分には一切関係ないというのに、彼女の存在が離れない。心が軋んでいた。

「もしかして、藪中君に体が反応しちゃったりしてる？」

資料を取り出す手がピタリと止まった。私は俯き、口を閉ざした。

「……黙るっていう事は何かあったんだね。どんな感じなの？」

席を立った宮本室長が私の傍へとやって来た。

戸惑う気持ちを隠せないまま顔を上げる。目の前には相変わらず無精髭《ぶしょうひげ》だらけの顔があった。けれど、その瞳は優しく穏やかだ。身長差はさほどない為、ほぼ同じ位置で視線が重なり合った。

五十を過ぎた彼の目尻にはいくつもの皺があった。その皺がいつの間にか増えているように思えた。

出会ってから既に八年も経過している。老いるはずだ。出会った頃を一瞬懐かしんだ後、私は正直に告白した。

「……どんな感じというか、藪中さんと初めて握手した時なんですけど――」

藪中が研究室を初めて訪れた時の事を回想しながら、ゆっくり言葉を紡ぐ。

「うん？」

「その……彼に触れると、突然静電気が走ったというか……表現が難しいのですけど、体中が落ち着かない感じでした。あんなのは初めてでした」

「なるほどねぇ……で？」

宮本室長が顎に手を添えた。何かを探り考えているようだ。私は促された通りに語り続ける。

「でも痛いとか、そんなのじゃなくて……何かこう、擽《くすぐ》ったいような……」

感触を思い出しながら語るだけで、体の奥深い何処かがジワジワと熱くなった。

「それでそれで？」

「先日、首筋の匂いを嗅がれた件、お話ししましたよね？　それに似た嫌悪感というか、これ以上触れないで欲しいと強く思いました……」

危険だと自らの体が警告していた。

これ以上アルファに近付くな、藪中には関わってはいけないと。

しかし実際はどうだろう。彼と口付けまで交わしてしまった。

私は一体、何をしているのだろう。

思い返しては自責の念に駆られていた。すると宮本室長が何かを閃《ひらめ》いたかのように、両手を軽く叩き鳴らすと――。

「高城君！　それってさぁ、もしかして『運命の番《つがい》』ってやつだったりして！」

「…………は？」

有り得ない発言だった。

気分は急降下だ。私は地を這うかような低音を発していた。

「だってさ、発情すら迎えていない君の体が何かしらシグナルを発信しているって事だよ？　それって『運命』ってやつじゃないかな!?」

興奮を爆発させたのか、宮本室長が私の両肩を掴み、ブンブンと揺さ振ってきた。

「じょ、冗談でしょう！　止めて下さい、そんな気味の悪い話！」

本心を吐き捨て、全否定した。

藪中が、運命の番だって？

有り得ない。

「気味が悪いって、酷い言い方だなぁ。僕は『運命の番』論にはロマンを感じているというか、何だかさぁ、究極の愛って感じがしないかい？」

「しません。むしろ呪われた鎖としか思えません。大体ロマンって何ですか？　いい歳して、少女漫画の世界じゃあるまいし！」

夢物語を粉砕する勢いで語気を強めると、私の両肩から宮本室長の手が離れていった。

「呪いって……それは言い過ぎじゃないかな。僕は高城君に幸せになって欲しいってだけで、それこそ相手が運命の番なら安心だなぁって思ったりしているんだけど……」

幸せだって？

究極の愛？

私は首を力強く左右に振った。

藪中との間に運命などあるわけない。ふざけ過ぎた冗談に、やる気すら削がれる思いだった。

宮本室長を責める気はない。逆に番関係の何が幸せなのだと、聞かせて欲しいくらいだ。

「宮本室長もアルファには気をつけろって忠告していたじゃないですか」

抑制剤を受け取った日。彼は確かにそう言った。

「まぁ、それに近い事は言ったけれど……」

「宮本室長。私はたとえ運命であろうが、アルファと番《つが》う事がオメガにとって必ずしも幸せとは言い切れないし、番ったとしても、そこに愛なんて存在しないと思います」

「どうして？」

食い違った意見だが、宮本室長は嫌な顔せずに聞き耳を立てる。

「どうしてって……だってそうじゃないですか。惹かれ合うのは、お互いのフェロモンが原因でしょう？　それ以外に何もないじゃないですか。見ているのは互いの『性』だけで、その上で性的関係を衝動的に結びたくなるだけですよ」

自らの考えを交えて論じた。

「まぁ、高城君の言いたい事もわかるけどねぇ……あながち、そうじゃないかもよ？」

「はい？」

今日はとことん意見が合わないようだ。しかし、これも勉強の一環だと耳を傾ける。

「実際その心は『番関係』を結んだ当事者達にしか知り得ないだろうしね。恋愛の始まりも衝動的なもんだよ。この人と触れ合いたいとか、体を結びたい……それとあんまり変わらないんじゃないかなぁ？」

「何ですか、それ。だったら私に何処かのアルファと番ってみて確かめろって事ですか？」

「アハハハハッ！　いいねぇ、それ！　この前言った、アルファの友人を紹介してあげ……」

「お断りします」

即座に断った。宮本室長がバツの悪そうな顔で咳払いをする。

「とにかく苛々しない事。あと一つだけ言わせてもらうと……」

「何でしょう？」

宮本室長の頬が引き締まるのを目にし、私は背筋を正した。

「もしかしたら藪中さんの存在が高城君の体に影響を及ぼしはじめているのかもしれないねぇ」

「……否めませんね」

「仲良くするのはいいけど、高城君の気持ちを考えるに、あまり行動を共にするのは、お勧めしないなぁ」

「とは言っても、向こうが勝手に……っ」

「うん、そうだね。未発情とはいっても、オメガである高城君の匂いを感じ取っている可能性もなきにしも非《あら》ずだ。アルファの本能を侮《あなど》ってはいけない」

「……だとしたら」

藪中の私に対する想いは、絶対に愛なんかじゃない――。

喉まで出かかった言葉は口を出る事はなかった。

藪中路成というアルファについて宮本室長が考察し始める。

「藪中さんのフェロモンは強い。アルファとしての存在も強烈だ。彼ほどのアルファは滅多《めった》にいない。幸い君は未発情だから、その程度の反応で済んでいるんだろうね。発情を迎えたオメガならとっくに取り込まれているよ」

「じゃあもし……」

あのアメリカの青年のように突然発情してしまったら？

冷や汗が背中を伝った。

絶対発情なんてしないと信じて疑わなかった。それが否定された今、発情の可能性を心の何処かで意識している。それも毎日——。

「藪中さんを無視しろとは言わないけど、一応大事を取るに越した事はないから、渡した抑制剤は常に持ち歩く事。わかった？」

「はい……」

強く念押しされ、頷きながら返事をした。

スラックスのポケットへと手を入れる。ビンから取り出した抑制剤をピルケースに入れて忍ばせていた。

出来れば、一生飲みたくない薬だ。これを口にするイコール、発情を迎えた事になる。

そうなった場合、この理生研で働く事も、宮本室長の下で研究に励む事も出来なくなる。

大丈夫だ。絶対にない……大丈夫。

いつもの暗示をかけた時、内線が鳴った。宮本室長のデスクだ。

「おっと、誰かな……はーい、宮本でーす」

宮本室長が応対を始める。

私はファイリング作業を再開する事にした。この膨大な書類を一枚一枚確認して綴《と》じる作業は意外に労力を使う。

しかしその作業は、大きな声で中断せざるを得なかった。

「——えぇっ⁉　それ、本気で言っているんですか⁉」

宮本室長が受話器を片手に焦りを露呈する。その声は少しの怒気すら孕んでいた。

珍しい。基本的に温厚な彼だ。人に対してあまり大声を張り上げないタイプだ。何事かと、私はデスク脇まで近寄った。

「はい、はい……わかりました。とにかく……こちらとしては、急過ぎて……いえ」

電話の相手は誰だ……事務局部長？

赤く点滅するランプに注目した。どうやら事務局部長からの直通のようだ。

私は聞き耳を立てた。

「それは決定ですか？　……はい……わかりました。失礼します」

話が終わったようだ。通話終了と共に宮本室長が少々乱暴に受話器を置いた。こんな仕草も滅多にしない。よっぽど悪い知らせなのかと、嫌な予感が駆けた。

「どう、されましたか？」

「うぅ～ん……参った」

宮本室長がデスクの上に突っ伏した。

「宮本室長、事務局部長は何と？」

そんなにも落ち込む内容かと、私は追及した。

「……どうやら僕達の研究は必要性がないと、井ノ崎大臣が報告を受けて中止の方向に持っていくらしい。どうにもこうにも経費がかかり過ぎているのが理由だって」

バカなと、私は瞳を瞠《みは》った。

「どうして急に、そんな流れになるのです!?　そもそも我々の研究は低予算で組まれているのですよ！」

嫌な予感は的中した。しかし経費の話になるとは心外だ。矢木なんて倍以上の費用をかけているはずだ。

宮本室長の話はそれだけではなかった。

「今後、この研究室を存続させるかどうかも理生研として検討にかけるらしい」

「なんですって!?」

まさか――！

心当たりはあった。答えは既に知っている。

私は昨夜の話を思い起こした。

前情報として神原からキャッチした黒い懇談だ。

メンバーは勿論、井ノ崎、冴嶋。そして矢木だ。

三人が集まったのはきっとこの為だ。

井ノ崎を呼びつけた冴嶋は、矢木の研究に力を注ぐ必要性を改めて訴えた。選挙の件も絡ませながら。

矢木も同席させたのは、井ノ崎に矢木という男を印象づける為だ。宮本室長の評価を下げる事も忘れていないだろう。

井ノ崎の力が大きく働く事を示唆していた。

だから欲に塗れた人間は、クズ同然なんだ。

「——どいつもこいつもっ！」

感情が抑え切れない私は、怒りに任せて研究室を飛び出した。まだ所内にいるはずだと確信していた。

「た、たた、高城君！　ど、どこ行くのー!!」

宮本室長の声が廊下にまで響き渡る。

白衣を翻《ひるがえ》しながら、私は目的の場所へと一目散に向かった。

こうなったら強行手段に切り替えてやる。

廊下の窓が、吹きつける冬風によってガタガタと揺れていた。

走る私を追うように——。


「——か、神原さんっ！」

辿り着いた先は事務局だった。扉を引き開けるや否や大声で神原を呼びつけた。

「た、高城！　どうしたんだよ」

驚いた声を向けながら彼は急いでやって来た。

他の事務局員も何事かと、一斉に私に注目した。

「かっ、か、神原さん！　さっき宮本……っ」

「——シッ！」

乱れた呼吸で話し出した矢先、神原が黙るようにと人差し指を立てた。

「高城、ここじゃちょっと」

「あ、す、すみません。そう、でしたね」

二人して素早く廊下の隅に移動した。

私は囁き声で尋ねた。

「神原さん、今日の懇談の内容が……」

「俺も今、課長から聞いた。まだ正式じゃないけど、井ノ崎はきっと冴嶋センター長に言われた通りにするだろうな」

「そんな……これからだっていうのに」

額に手を当て、失望を覗かせたが、こうしてはいられないと、私は神原に詰め寄った。

「そうだ！　井ノ崎大臣はもう帰りましたか!?」

「ほんの五分ほど前に井ノ崎の秘書が迎えに来て、来客用の駐車場に向かっていったけど……お前、まさか……！」

行動を察したのだろう。神原の瞳が駄目だと言っていた。

「駐車場ですね！」

「おい、高城！　やめとけって！」

神原の制止を振り払った私は全力で駆け出す。

こうなったら井ノ崎に直談判《じかだんぱん》するしかない。無謀だと言われても、可能性がゼロではないのなら、私は訴えたい。

宮本秀作が、いかに優秀で、どうして世界で認められているのか、これからの日本理生研や化学界には、彼が必要だという事を、この口で伝えようとしていた。

駐車場に繋がる扉を蹴るように開けた。冷たい風が肌を鋭く切るが、今の私に寒いと感じる余裕は全くない。

目的の人物が去ってしまう前にと、焦燥《しょうそう》感に駆られながらレンガ作りの道を走った。

来客用駐車場には数台の高級車が駐まっていた。その中でも一際高そうな車の前にスーツ姿の男性を二人見つけた。

いた――！

私は走るスピードを上げる。

一人は長身で肩の厚みがある男だ。出で立ちからして年齢的に若いと認識出来る。

その隣にいる男。彼こそが井ノ崎だろうと瞳の焦点をあてた。後姿ではあるが、恰幅《かっぷく》のよさそうな初老男性だとわかった。

「――井ノ崎大臣！」

迷わず叫びながら駆け寄った。

声に反応した井ノ崎が、ゆっくりとした動きで振り返った。

長身の男も動いた。

井ノ崎を警護しようと、私の前に立ち塞がった。

「――っ」

まるで壁だと、私の足が止まった。

見下ろしながら睨みつける瞳からは、ビリビリとしたオーラが発せられていた。

おそらくこの人物は秘書ではなくSPだ。

政府要人には必ず警護にあたるSPが付いている。国の決まりだ。男は私を不審者か何かと思ったのだろう。

「すみません。私はこの理生研の研究員で副室長を務めます、高城誉《たかしろほまれ》と申します。決して怪しい者ではありません。どうしても井ノ崎大臣に直接お話をしたくて参りました」

早口で言いながら研究員証を掲げ見せると、SPの男は「どうしますか?」と背後に立つ井ノ崎に声をかけた。

尋ねられた井ノ崎が一歩前に踏み出した。

彼は私を凝視しながら口を開いた。

「……何かね? この後、国会で委員会があるから、早急に話を済ませてくれるのならば聞いても構わないが」

しゃがれた声だった。

呼び止められ、迷惑そうな顔をしているが、そんな事は気にしていられない。

「はい。ありがとうございます。お時間もないでしょうから、端的に申し上げます。今回の研究の事です」

「……研究?」

井ノ崎がピクリと太い眉尻を上げた。

顔の輪郭《りんかく》は体同様にふくよかだ。垂れ目がちの瞼には皺がたくさんあった。

「宮本秀作室長の研究の中止を受け入れる方向と伺

いましたが、私はそれに対して異を唱えに来ました」

「ほう、君はあれかね。宮本秀作研究室の一員って事かね？」

「はい、そうです。宮本秀作は日本において必要な人材です。素晴らしい研究者です。それは世界も認め知っています。それを切り捨てるだなんて時代錯誤です」

「――何だって？」

不機嫌でいて、重々しい声が跳ね返った。それでも私は続けた。

「どうか、あと少し猶予を頂けないでしょうか。研究は足踏み状態で申し訳ないですが、誰もが納得のいく結果を必ず出しますから！」

感情が堰《せき》を切った。井ノ崎の両腕を摑んで縋った。安易な行動だろうが、今の私には宮本室長の代わりに願い請う事しか出来ない。

「止めなさい！」

「あっ……」

痛みを感じ片目を閉じた。軋むような圧迫を肩に受けたのだ。SPの男だった。彼の指が白衣越しに食い込んでいた。私の体は一瞬にして井ノ崎から引き離された。

「何だね君は！　気の荒い男だな。その綺麗な見た目とは大違いだな」

井ノ崎が私の全身を舐めるように見つめた。気持ち悪いと肌が訴えても、私は平静を装った。

それをいい事に井ノ崎が厭らしく笑う。

「結構な美人だね、君……」

囁いた井ノ崎は両腕を伸ばし、私の肩へと掌を置いた。

無骨《ぶこつ》な手がゆっくりじっとりと降下する。二の腕から肘裏、そして手首までを、撫でられたのだ。

「――――っ！」

色欲を持っての触れ方だ。

耐えろ……言い聞かせ瞳を閉じた時だった。

すぐ後ろで靴音が鳴った。

「――井ノ崎大臣。お久し振りです」

「…………!?」

届いた声にハッとする。全細胞が騒ぎ出した刹那《せつな》、鼓動が打った。

振り向かなくてもわかる。――藪中《あいつ》だ。

「何と……！　藪中グループの御子息、路成さんではないですか！　随分とご無沙汰で！　お父様は元気にしておられますか？」

井ノ崎が藪中へと歩み寄る。偉そうな態度から一変、厭味なほどに低姿勢だった。

「はい、相変わらず元気過ぎて困っていますよ。井ノ崎大臣もお元気そうで何よりです」

「…………！」

爽やかな顔で挨拶を返す藪中だが、その目は冷ややかで、憤《いきどお》りすら感じた。

「理生研には慣れましたかね？　社会勉強とはいえ、研究員として勤務させるとは……お父様も酷ですなぁ！　しかし、路成さんはとても優秀でおられますから……それに藪中グループの将来を一身に背負っていらっしゃる。その若さで大したものですよ」

「いえ、そんな。でも本当、父には参りますよ」

「ワハハハハ！　それは大変ですなぁ！」

芝居がかった井ノ崎の大きな笑い声が轟《とどろ》く。藪中もつられて「アハハ」と、声を上げるが、明らかに作り笑いだ。

何処からどう見ても藪中の方が立場は上だ。

井ノ崎とて、大手グループ会社の後継者である彼を味方につけておきたいのだろう。政治家としては当たり前の心理だ。

いい歳をした大物政治家が、自分の歳の半分にも満たない若造に媚び諂《へつら》う姿は滑稽そのものだ。

「ところで井ノ崎大臣。何か問題でも？　通りがかったら声が聞こえてきたのですが？」

「いや、大丈夫です。そこの彼がちょっと……」

井ノ崎は顰《しか》めっ面《つら》で私を見遣った。

「……ちょっと？」

藪中が理由を尋ねようとした時だ。

扉の開閉音が響いた。井ノ崎の公用車から秘書らしき中年男性が降り立った。

男性は井ノ崎に何かを耳打ちした後、車へと急ぎ戻っていった。

「路成さん。ゆっくりお話をしたいところですが、委員会の時間が迫ってきているようで……申し訳ない」

「そうですか……それは残念です」

絶対嘘だ。

この二人からは、政治や権力が絡み合った駆け引きの世界が垣間見えた。

藪中は人類の頂点に位置するアルファだ。

彼から発せられるオーラはいつも以上に凄みを増しており、威圧感すらあった。

そんな彼を目の前にして、ベータである井ノ崎が気丈でいられるはずがないのだ。現に井ノ崎の額には脂汗《あぶらあせ》が浮いていた。

それは私も同じだ。寒空の下だというのに、冷たい汗が背筋を這い伝っていた。

ここで藪中が雰囲気を一変させる。

「そういえば、父が井ノ崎大臣とは親交を深めたいと言っていました。また秘書の方を通じて近々ご連絡させて頂きます」

「ほ、本当かね！　それは光栄だ。待っているよ！」

井ノ崎の顔は、みるみる紅潮し期待感に緩んだ。

「わかりました。お気をつけてお帰り下さいね」

仮面のような笑みで藪中は井ノ崎を見送った。

「待って下さい、井ノ崎大臣っ！　私の話を……！」

駄目だ、まだ何も話せていない。

このまま帰らせるわけにはいかないと呼び止めた。

声を聞いた井ノ崎が面倒そうに振り返る。

「あー、すまないね。本当に時間がないんだ。研究の事は冴嶋センター長と話し合ったし、また後日、彼から決定事項を聞いてくれ」

「だからそれを――あっ！」

井ノ崎の手が追い払うような仕草した。車に乗り込もうとするのを追いかけたが、ここでＳＰの男が動いた。

男は私の腕を捩るように摑んできたのだ。

「――痛っ！」

凄い力だった。鋭い痛みが骨まで走った時――。

「……その手を離して下さい」

「っ……」

低い声がした。藪中だ。彼の手はＳＰの肩に置かれていた。指先はギリギリと食い込んでいた。ＳＰは無言ではあるが、その顔は少し引き攣っていた。藪中の力が強い事を証明していた。

ＳＰが藪中の要求に応じ私の腕を解放した。

エンジン音が響き渡る。

「――あっ！」

井ノ崎が乗る車が発進した。ＳＰも別に待機させてあった黒塗りの車へと素早く乗り込む。二台の車は連なって、あっと言う間に駐車場を後にした。


私はその様子を立ち尽くして眺める事しか出来なかった。

クソ……あの狸《たぬき》男め！

忌々《いまいま》しげに悪口同然の言葉を心で吐き捨てた。

直談判という計画は失敗に終わったのだ。

無茶だろう、上手くいかないだろうと、わかっていたところもあったが、可能性にかけてみたかった。

それなのに――。

「……高城さん、大丈夫ですか？」

藪中の手が私の腕に優しく触れた。電流が不意打ちで駆けた。

「――ッ！　触らないで下さいっ！」

彼の手を思い切り振り払った。焼けそうな感覚が我慢ならなかった。

「た、高城さん？」

あまりの剣幕《けんまく》に藪中は戸惑いを濃くしていた。

さっきまでの鋭いオーラは一切消え、私を優しく見つめる瞳に罪悪感が生まれる中、怒りの矛先《ほこさき》を彼へと向ける。

「どうして邪魔をするんです！」

「どうしてって……」

「井ノ崎とは大切な話があったんです！　もしかして……これも矢木の指示ですか!?」

「な、何でそうなるんですか。俺はただ、所内を慌てて走る高城さんが心配になって……」

「それで後を追い掛けてきたのですか!?　ストーカーですよ！」

「ストーカーって、俺、そんなつもりは。でも、どうしても高城さんとお話がしたくて」

「……は、話？」

真っ先に思い出したのは交わした口付けだ。

動揺している事を覚られないように努めても、眼鏡のバランスを整える指先は微《かす》かに震えていた。

「はい。聞いて下さい。昨夜の女性は……違いますから」

「違う？　何がです？」

白《しら》を切るように尋ね返す。藪中は昨夜も同じような事を言っていたが、弁解する必要はどこにもない。

「彼女は恋人とかではないです。取引先の御令嬢で、以前から食事を一緒にしたいとお誘いを受けていまして……昨夜はそれに付き合っただけです。だから何の関係もありません」

本気でそれを言っているのか。

「……藪中さん、それはないでしょう？　彼女は明らかに、貴方に好意を抱いているじゃないですか。そんなの、わかっているのでしょう？」

「…………」

藪中は黙り込む。肯定している証拠だ。

「あの女性との関係なんて私からしたら正直どうでもいいです」

言い切ったにもかかわらず、胸の奥に何かがつかえていた。

「どうでもいいって……でも高城さん、昨夜は凄く不機嫌だったじゃないですか。違います？」

「――はぁ？」

この男は、私が嫉妬したとでも言いたいのだろうか？

どこまでもおめでたい奴だ。胸の違和感は、途端に悪情感に変わる。

「……この際だからハッキリ言わせて頂きますけど……私が不機嫌で怒っているのは、あの料亭の帰り、勝手に口付けてきた事に対してです」

不愉快な口付けだった。私の五感と感情を一気に、ぐちゃぐちゃにした。

それは現在進行形だ。しかも、ファーストキスを奪われたのだ。怒るに決まっている。

「あれは……そうですね。確かにすみませんでした。でも、気がついたら行動に出ていて」

反省を覗かせながらも、彼なりの言い分があるようだ。

「気がついたら行動？」

「だって高城さんが、俺の告白を真剣に聞いてくれないから」

「――っ！」

藪中の瞳が私を捉える。絶対的支配力を秘めた光を灯《とも》しながら。

体の痺れが反応を鈍らせる。真正面に立った藪中が私の頬に片手を添えてきた。

「――好きです、高城さん。本当に……」

「――――！」

心臓を貫いてくる。

私は反射的に手を叩き落とした。

「……好きだなんて、よく言えますね。大体、出会ってから日も浅いんですよ。先日食堂で一目惚れだとか言っていましたけど、そんなものは好意を抱く理由にならないですよ」

好きになる要因はどこにあるのか。

いや、わかっている。それは動物的衝動に近いもので、恋愛ではない。藪中は本能で匂いを嗅ぎ取っている。

「そうですか？　一目惚れも、ちゃんとした理由になると思いますよ。人を好きになるのに複雑な理由や長い時間なんて必要ですか？　俺は、ちゃんとした理由を持って高城さんに告白しています」

「…………ッ！」

それでもこの男は私の拒絶を打ち砕き、接してくる。加えて厄介なのが、捉え方の違いで全く会話が噛み合わない事だ。

「とにかく、もう私に関わらないで下さい。口付けてきた事は、虫にでも刺されたと思って水に流してあげますから」

「む、虫って、酷いなぁ……」

さすがに虫は失礼だろうが、ここまで言わないと藪中のダメージに繋がらないだろう。

「取引の件につきましては感謝しています。でも、藪中さんは一つ重要な事を忘れているようです」

「何をですか？」

改めて重大な事を確認させる事にした。

「貴方は宮本室長を尊敬しているとはいえ、矢木室長の下に身を置く立場です。それが取り払われたのはあの夜だけです。ですから今の藪中さんは敵に等しいです」

毅然《きぜん》と告げた。

藪中はポカンと口を開けた後に、こう言った。

「やっぱり堅いなぁ、高城さんって」

「堅くて結構です。これ以上私を煩わせないで下さい」

「えっ？　煩わせてます？　嬉しいなぁ」

「藪中さんっ！　いい加減にして下さいよ！」

まるで母親だ。全く言う事を聞かない小さな子供へと怒鳴る口調だ。

それでも藪中は面白いというようにニコニコと笑う。

「煩わせているって事は、やっぱり脈ありって事ですよね？」

どうやって、その考えに辿り着くのか理解出来な

「まぁ、そりゃあね。色々情報が入ってきますよ。聞いていていい気はしないですけどね。でも……」

何かを含んでいる。

「でも……何です？」

私は刺すような視線を彼に投げた。

「俺なら高城さんの……宮本室長の力にもなれますよ」

「――は？」

言葉の終わりと同時に、一陣の風が吹いた。その風はパタパタと私達の白衣を揺らしていた。

曇天の空の下、凍てついた空気が体温を奪いにかかる。それでも震えは起こらない。走る緊張に麻痺していた。

藪中の示唆する事は充分にわかっているからだ。

「……何を言っているのか、理解出来ません」

敢《あ》えてそう口にした。

「そうですか？　聡い高城さんなら既に理解が出来ていると思ってますけど？」


い。

「脈なんてないです！　私はアルファなんて大嫌いって何度も言っているでしょう！」

「大嫌いって、俺は大好きなのになぁ」

「――っ！」

まただ。こうやって人の嫌悪すらサラリと受け流す。

「本当に苛々しますね。井ノ崎へのコンタクトも邪魔されるし……」

話を振り出しに戻しては文句をぶつける。それを聞いた藪中が笑う事を止め、真面目な顔つきとなった。

「正直に言わせてもらうと、高城さんがどう足掻《あが》いたって無駄ですよ。だって井ノ崎とセンター長との繋がりは深いですからね」

「――知っているんですか？」

研究室を取り巻く今の状況が、彼の耳にも入っているのだと瞬時に覚り問い返す。

整った口端が上がる。

私の中で苛立ちが嵩《かさ》を増しはじめた。

――嫌な男だ、本当に。

「……要するに、再度取引を持ち掛けようとしているわけですね。対価は何ですか？」

条件次第では呑んでやろうと、思惑を探った。

「そんなの決まっているじゃないですか。高城さん、貴方自身ですよ」

「…………」

やはりそうきたか。わかってはいた。私は喉奥で静かに唸った。

「俺は、高城さんの全てが欲しいです……どうですか？」

「私は物じゃありません」

「わかっています。でも俺なら井ノ崎大臣とも渡り合えますしね」

「渡り合える……ですって？」

この男、自分の権力を使おうとしているのか。

私の中で不快値がグンと上がった。

「俺は高城さんの為なら何だってしたいし、何でも出来ます……っ！」

藪中が小さな呻《うめ》きを発する。

とうとう感情的になった私は、彼の頬を掌で打ったのだ。乾いた音が鳴った。

「……人を見下げるのもいい加減にして下さいよ」

他人をぶった事なんて生まれて初めてだった。

後味が悪い。そんな気持ちを堪えようと、打った方の掌を強く握り締めた。

「た、高城さん？」

藪中は呆けたように、打たれた方の頬を撫でていた。

「藪中さん。自分がアルファだからといって、何でも意のままに操れると思っていたら、それは大間違いです」

腹が立った。

美味しそうな餌を目の前に提示し、弱者がそれに貪りつくのを傍観するような姿に。

藪中にそんなつもりはないのかもしれない。彼の意外な一面には、幾度となく気付かされてきた。

それでも今の言葉だけは呑み込めなかった。同時に、予防線を張った。これ以上、踏み込んでくるなと。

「……俺、そんなつもりで言っていませんよ」

藪中は断固否定する。

オメガを見下げていないと料亭で話していた時と同じ瞳をしていた。

悪い事をしてしまったと罪責感が襲うが、出来ればこのまま嫌って欲しい。その思慕を捨てて欲しいと願った。

「とにかく取引は致しません。それと……あの、思わず感情的になり、打ってしまいすみませんでした」

「えぇっ!? あ、謝るの早くないですか?」

このタイミングでかと、藪中は目を丸くする。

「………人に手を上げておいて、流石に謝らないのは……どうかと」

言葉を濁す。

実はとんでもない事をしてしまったのではないか。相手は藪中家の御曹司だ。暴力行為を受けたと、訴えを起こされないか。そんな心配が生じてきた。

「フッ……アハ、アハハハハッ！」

藪中が腹を抱えて笑い出す。形のいい唇からは白い歯が覗いていた。笑い転げそうな勢いだった。

彼に大笑いされるのは、何度目だろうか。

「な、何故、笑うのです！」

「いやいや！ 本当に可愛らしいなぁと思って……」

「か、可愛らしい!? それが年上に向かって言う言葉ですか！」

涙を浮かべて笑う藪中へと詰め寄った。

「だって、高城さん本当に可愛いですもん！ あぁ……とても好きですよ」

「――はっ!?」

またしても唐突に告白された。

「研究熱心なところも、その知性も、真面目な性格も……美しい容姿も。それでいて、ちょっと気難しいところも」

「……最後のは要りません」

「あはは！　そうでしたね。でも……」

「――っわ!?」

藪中が私の腕を引っ張ると、お互いの鼻先がぶつかる距離まで顔を寄せてきた。

「――っ！」

温かな吐息が唇にかかった。

また口付けられてしまうと、反射的に瞼を固く閉じたが、それは訪れなかった。

ソロリと瞳を開くと――。

「……あれ？　またキスされちゃうと思いました？」

藪中がニンマリとする。

こいつ……！

試すような言葉態度が憎たらしい。

「……もう一度打たれたいのですか？」

「えーそれは勘弁です。実際ちょっと痛かったですもん」

藪中が口を開くたびに、頬や鼻先に吐息が触れる。冷え切った皮膚に温かさがピリッと伝わった。

彼は続けた。

「……俺、絶対諦めませんから。あとは高城さんが、俺に本気になったらいいだけですよね？」

再び思いをぶつけられる羽目となる。しかも私が藪中を好きになることを前提に話が進んでいる。

「それは絶対に有り得ませんから」

グッと顎を引き強く宣言した。彼は肩を竦めるだけだった。

「あははっ！　頑張ります」

「……藪中さんって、とてもプラス思考ですよね。ここまで拒否を示した上、頬も打たれているのに」

その思考回路が全くわからない。

こっ酷く振られたのも同然だというのに、未だめげずに諦めない姿勢は、アルファとしての独占欲や支配欲からだろうか？

「うーん……こう見えて、実は地味に傷ついてますよ？　それに一つ気になって仕方がない事がありまして……」

「気になる？　何です？」

どこがどう傷ついているのだと疑問を露にすると藪中はポツリと言った。

「だって、事務局の神原さんとは、とっても仲が良いみたいだし……」

何故、神原の名前が出るのだと、私は首を傾げる。

「神原さん？　まぁ、彼は同期ですからね。私のよき理解者でもありますし、心から信頼しています。それがどうかしましたか？」

「…………」

今までの流暢《りゅうちょう》な口調から一変、藪中は黙りこくった。頬を膨《ふく》らませては私を恨めしそうに見ている。

「藪中さん？」

一体何が言いたいのだと思ったその時、所内にベルが鳴り響いた。

昼休憩の始まりだ。

「あ、お昼ですね！　高城さん、食堂に行きましょう。今日は何を食べます？」

「……どうして一緒に食べる事が前提なんです？」

「いつも一緒じゃないですか。昨日は休みを頂いたので一緒出来なくてすみませんでした。……寂しかったでしょう？」

「そんなわけが――あっ！」

「行きましょう！」

藪中が私の腕を取り、意気揚々《ようよう》と歩き出した。

「嫌です！　絶対に行きませんっ！」

本当に人の話を聞かない男だと、私は全身で抵抗する。足をここぞとばかりに踏ん張るが、力の差があり過ぎるのか、藪中はビクともしない。

彼は皮肉を交えて言った。

「さっき打たれて、やっぱり凄く痛かったなぁ。腫《は》れたらどうしようかなぁ……なんてね？　ふふっ」

「――っ！」

言い返せない。

藪中はそれをいい事に、私をズルズルと引っ張りながら所内の方へと進む。

この男は、本当にっ！

目の前の広い背中を睨みつけた。

腹が立った。何よりも自分にだ。

いつも藪中のペースに乗せられてしまっていると。

どれだけ追い出そうとしても、藪中は心の中に否応なく入り込んでくる。これがオメガの血や本能だろうか。

藪中もそうだ。無意識ながらも本能《アルファ》が疼いているのだ。

もし、私が本当に『ベータ』ならば……見向きもしなかったでしょうね。

その事実が、どうしてか心を鋭く抉《えぐ》ってくる。

焦りや不安が止め処なく押し寄せていた。

研究中止だけでなく、研究室そのものがなくなるかもしれないのだ。

それでも藪中だけは絶対に頼らない。固くそう心に決めていた。

結局この日の昼食は二人して向き合い、唐揚げ定食にした。

藪中の止まる事を知らないトークをずっと聞かされながら――。

＊＊＊

「――申請が下りた？　本当ですか!?」

翌朝の事だった。

出勤すると同時に、研究室の内線が鳴り響き慌てて受話器を取った。内線相手は神原で、イタリアンレストランで交わした約束を見事果たしたとの連絡だった。

『本当だって。マジでドキドキもんだったぜ。申請書類は何とか誤魔化《ごまか》しといたから感謝しろよ？』

受話器越しに聞こえる彼の声は小さい。他の人の耳に入らないようにしているのだろう。

「感謝しますとも！　本当に、手を煩わす事をお願いして申し訳ありません」

『いいって事よ。とにかく医務局には上手いこと連絡入れてあるから、今すぐ取りに行けよ。色々追及されて見つかる前にな』

「はい、わかりました」

『また落ち着いたら飯《めし》でも行こうぜ』

「はい、是非……では」

私は興奮する気持ちを抑えつつ受話器を置いた。

「――よし！」

第一関門突破だと、両手を握り締める。

危険だとはわかっている。宮本室長からは無茶な事はしないで欲しいと忠告は受けてはいるが、万が一の場合、全責任を負う覚悟だ。

だからこそ敢えて私の名前で申請したのだ。宮本室長を守り通す為だ。

今日から約二週間。宮本室長は研究室を留守にする事になっている。

世界化学機構の拠点でもあるアメリカの理生研学会から急遽、呼び出しを受けたのだ。留守中の研究は全て私に任せると、宮本室長は化学機構が用意したジェット機で、今朝日本を発った。

こんな状況下でと不安も過ったが、逆を言えば好都合だ。

宮本室長がコールフェロモンの使用許可を得た件《くだり》を知れば、それこそ大騒ぎするに違いない。

条件は揃っている。

善は急げだと、椅子に掛けてあった白衣を取り、腕に通しながら廊下へと出た。足取りが自然と早くなる。

擦れ違う研究員達と朝の挨拶を交わしながら、医務局へと向かっていると……。

「――おや、高城君？」

「――！」

背後から呼び止められた。嫌な声だ。

出来れば気付かない振りをして立ち去りたかったが、条件反射で止まってしまったこの足を再び前へと進めるという事は、明らかな無視に繋がるだろう。そう判断し、私は振り返った。

「……おはようございます。矢木室長」

高揚《こうよう》した気分から一転、憂鬱さが半端ない。それでも丁寧に挨拶をした。

「そんなに急いで何処に行くのかね？」

矢木は相変わらず偉そうな態度をしていた。

「ちょっと、所用で事務局まで」

呼び止めておいて挨拶の返しはないのか。気分は悪くなる一方だが、医務局だとは告げずに咄嗟《とっさ》に嘘をついた。

「ふーん……それはそうと宮本は今日からアメリカなのだろう？　呑気なものだねぇ。置かれている状況、わかっているのかね」

苛立つ台詞だ。有利な立場にいるとわかっての事だろう。

「まぁ、これればかりは致し方がないです。宮本室長は他の人と違って、世界から求められる方ですから」

矢木の神経を一番逆撫でする言葉を放ってやった。

案の定矢木は、眉を何度も上下させ、嫉妬といった醜い感情を面白いほど露にする。

してやったりと、痛快な気分でいると、矢木とは違う視線を肌で感じた。

「……？」

不思議に思い目を向けると、矢木の背後に人影が覗いた。

私より五センチほど矢木の方が身長は高い。その人物は矢木の背に隠れてしまうほど、小柄で細い青年だった。

青年はシンプルな黒のニットに濃いグレーのジーンズを着用していた。

理生研の所員には見えない……誰だ？

私の視線が何処に向いているのか気付いたのだろ

う。

不気味な笑みを浮かべた矢木は、青年の両肩に手を置くと、その華奢《きゃしゃ》な体を私の前へと突き出してきた。

「彼はね、私の実験に協力してくれる、心強い味方の性別だ」

「……！」

その紹介からしてわかる事は一つだ。この青年は
と瞠目する。

彼は……オメガだ――。

驚きを隠せないまま、私は眼鏡越しに青年を凝視した。彼は微かに瞳を揺らしていた。

美青年と言っても過言ではない。

大きな瞳に長い睫毛《まつげ》、整った鼻筋と小さな口。栗色の柔らかそうな髪が日光に反射されて光っていた。よく見ると、円らな瞳は微かに青く輝いている。

外国の血が入っているとわかった。

まるで職人が創り上げた美しい洋風人形のようだ。美しさに目を奪われる。年齢はいくつぐらいだろうか。まだあどけなさが残っている事から、十代後半のように思える。

まじまじと様子を窺う私を、青年は静かに見つめ返してきていた。

そして理解する。オメガの彼が矢木と一緒にいる理由を――。

「――矢木室長っ、まさか!!」

思わず叫んだ。

腹の底から嫌悪と憎悪が込み上げる。険しい双眸を矢木へと向けた。

「おーっと、美人がそうやって睨むと凄みがあるねぇ」

「茶化さないで下さい！　矢木室長、まさか彼を……！」

人体実験の為に協力を求めたのかと、怒りと心配がごちゃ混ぜになった。

「何をそんなに怒っているのかわからないが、彼と

は同意の下に契約を交わしている。理生研の許可も得ている。なぁ、瑞貴《みずき》」

瑞貴。この青年の名前か。

私は瑞貴という名の青年に視線を戻す。彼は無表情ながらも小さく頷く。その動作で髪はフワリと揺れ、細い首筋が覗いて見えた。

そんな儚《はかな》げな雰囲気からして、やはり歳若いと確信する。

「矢木室長！　彼はまだ十代なんじゃ……」

こんな若い青年を実験に協力させるなんてと、矢木を非難しにかかる。

「……オレ、もう二十三なんだけど」

瑞貴が突然言葉を発した。その声は男性の割には高い。

「えっ!?　あぁ、すみません。不快な気持ちにさせてしまって……」

失礼な発言をしてしまったと、素直に謝罪し頭を下げた。

実年齢より幼く見えるのは、やはりオメガという性別だからだろう。基本的にオメガは他の性別より体軀は小柄だ。この瑞貴がいい例だ。

細身ではあるものの、私は瑞貴ほどオメガらしくはない。

「別にいいよ。いつも若く見られるから」

瑞貴が鼻で笑う。

しかし、見れば見るほど美青年だ。

自分以外のオメガに出会ったのは、片手の指で数えるほどで、接する機会はあまりなかった。

年齢からして瑞貴は既に発情期を迎えている。彼はオメガとしてどんな人生を歩んできたのだろうか――。

考えるまでもない。どうやら、普通とは言い難い人生のようだ。

矢木の研究に協力する事自体、真っ当な思考の持ち主ではない。そして気付いた。

瑞貴が矢木の研究室へ入るという事は――。

藪中と、会ってしまう。

ドクンと心臓が強く打った。

オメガである瑞貴がアルファである藪中と対面する。互いの本能が否応なしに反応してしまう可能性がある。

その事実を知った途端に、心に引っ掛かりを覚えた。

しかしそれは、矢木が発した言葉によって、吹き飛ばされた。

「そうだ、高城君。午後から瑞貴に協力してもらって実験を兼ねた研究をスタートするんだ。どうかね？　君も勉強がてら見に来ないか？」

「――はい？」

何を言っているのか、理解するのに数秒を要した。

研究を見に来い、だって？

宮本室長の部下である私に、どうしてそんな誘いをかけるのか。まるで手の内を見せても構わないと言いたげだ。この余裕は何だろうか。

「矢木室長……一体どういうつもりですか？」

疑問を口にすると、矢木は私との距離を詰めながら囁いた。

「……こう見えてもね、私は君の事を結構買っているんだよ」

「……それは、どうも」

こんな男に買われても何ら嬉しくないが、上っ面で感謝の意を伝えた。

「今後の事も考えた上で、私の研究を見ておく事は君にとってもプラスになるよ」

「……プラスですって？」

双眸を吊り上げた。

矢木は副センター長になる事を自ら確信している。そう捉えた。

状況は矢木有利だ。宮本室長が何をどうしても、今の現状を覆すのは難しいだろう。

そうはいくか、この低能研究者め――。

今に見てろ。最後の一瞬まで諦めない。必ず状況を打開してやると、腹に感情を押し込んだ私は、矢木からの提案を冷静に受けた。

進み具合をこの目で確かめてやってもいいと。敢えて敵の内部を見せてもらえるのだ。反転攻勢のチャンスに繋がる可能性もある。

それに――。

私は瑞貴を密かに窺った。彼が気掛かりだった。実験において彼の人権が傷つけられた場合、迷わずその場でノーを突きつけるつもりだ。

すみません、宮本室長――。

独断専行が多過ぎると反省しつつも、私は日光で反射する眼鏡を指先で整えながら、矢木に頷いた。

「では、お言葉に甘えて、そうさせて頂きます。よろしくお願い致します」

「賢い選択だ」

その決断に矢木は大層満足していた。

『私は君の事を結構買っている……』この言葉の真意は簡単だ。

宮本室長をこの理生研から追い出した暁《あかつき》には、自分の研究室に引き取ってやってもいいという思惑の表れだろう。柴田のような役立たずより、優秀な部下が欲しいといったところか。

冗談じゃない。

こんなゴミレベルの研究者に師事する価値もなければ意味もない。

私が、最も敬い、師事したい人物は、この世でただ一人、宮本秀作だ。

彼が理生研を去るなら、私も共に白衣を脱ぐ決意だ。

＊＊＊

「……もうすぐか」

研究室のソファに座り腕時計を確認する。針は十九時五十分を指し示していた。

矢木から実験開始時間が二十時だと連絡を受けた

のは、昼過ぎの事だった。

　どうして定時を過ぎた、しかも残業扱いの時間帯なのだろうかと不思議ではあったが、指定された時刻を待つしかない。

　五分前に向かえば間に合うだろうと、今日一日の業務を思い返す。

　宮本室長が不在なだけに、書類のチェックや海外からの電子メールがとにかく多かった。

　コールフェロモンの使用許可は下りたが、実際受け取ってみると、それは極微量だった。実験回数に換算すると三回分程度にしかならない。

　夕方、フェロモンをアルファの精子へと投与してみたが、期待した結果は得られなかった。

　若干運動率が上がったものの、それは一時的で、フェロモンが強過ぎるのか、精子が生命力を使い果たしたのだろう。早く死滅する種が多かった。

　貴重な実験材料だけに、残りは慎重に使用しなければならない。

　そしてフェロモンに対抗出来る、もっと強い精子が必要なのかもしれないと考えていた。

「はぁ……頭が痛い」

　悩みどころだ。

　目を酷使した所為《せい》か、蟀谷《こめかみ》から鈍い痛みが襲った。

　矢木の実験見学を受け入れたものの、オメガである瑞貴を使った実験と思うだけで気分は悪い。

　それに、藪中もいる。彼もおそらく実験に立ちあうだろう。

　オメガの瑞貴と、間近で対面して大丈夫なのだろうか——？

　もし彼が瑞貴のフェロモンに、あてられでもしたら——？

　自問自答を繰り返していた。心に大きな不安が浮かぶ。得体の知れない感情が私を苛む。朝からずっとだ。

　発情フェロモンに加え、瑞貴のあの美貌だ。アルファを誘惑するには充分だろう。きっと藪中も虜《とりこ》となる――。

「……バカバカしい」

勝手に欲情していろと、藪中の存在をシャットダウンした。気にする必要はないと、振り切った。

時間は二十時五分前になっていた。

そろそろだ。

私に内部を見せた事を矢木には絶対後悔させてやると誓い、ソファから素早く立ち上がった。

室内灯と暖房を消す。扉をそっと引き、薄暗い廊下へ出ると、凍てついた寒さに身が竦んだ。

今年に入って今夜は一番の冷え込みになると言っていた朝の情報番組を思い出しながら、静かな廊下を進む。

多くの研究室は既に灯《あか》りは消えていた。今日は残業チームが少ないのだろう。

経費削減との名目で、廊下の照明は殆ど点灯していない。

その代わりに窓から差し込む月明かりが足元を照らしてくれていた。

私はふと立ち止まり、窓越しに夜空を仰いだ。

今は姿を見せない太陽の光を地球が反射している。この現象は地球照だ。月の欠けた部分が淡く縁取《ふちど》るように光っていた。

綺麗だ――。

宇宙の神秘に感動し、心で囁いた。

さっきまで過敏になり、尖っていた神経が少し和《やわ》らいだ気がした。

しかし、この月夜のこの時が、運命の歯車が廻りはじめた瞬間だとは、この時の私は知らなかった――。

「――えっ？　藪中さんは、帰ったのですか？」

いるはずだと思っていた男の姿はなかった。

研究室には、矢木と副室長の柴田、助手の新米男性研究員が一名、そして瑞貴がいた。

矢木が答える。

「あぁ、自分はアルファだから、瑞貴のフェロモンに反応してしまった場合、実験が滞《とどこお》るだろうと、自らそう言ってくれてね」

「そう、ですか……」

おそらく藪中は自衛と瑞貴の身の安全を考えて、そうしたのだろう。意思に反して性的反応を露にしてしまうかもしれない。前もって危機を回避したというわけだ。

そうか……とても彼らしい。

どこか安心する自分がいた。

「さて、瑞貴。準備はいいか？　準備が出来たのなら奥の部屋に移動してくれ」

矢木が瑞貴を促した。瑞貴は白いバスローブを着用していた。

「わかった」

何の迷いもない返事だった。瑞貴が私の傍を通り過ぎ、ガラス張りの壁で隔てられた実験室へと入室した。カルテを携えた柴田も後に続いた。

室内の中心に置かれた簡易ベッドの上に瑞貴が腰掛ける。柴田が準備にかかった。

瑞貴の頭部に脳波計が装着される。薬物を投与するのだろう。彼の腕には点滴の準備がなされた。

本当にオメガを使って実験する気だ。瑞貴は、大丈夫だろうか？

どのレベルまで人体実験が実行されるのか、つい心配になった私は、ガラス越しに瑞貴を見つめた。

視線を感じ取ったのだろう。彼は私に向かって口角を上げた。

実験に対して怯えも見られない。それどころか、余裕さえ感じた。

複雑な想いを隠し切れず、私はキュッと唇を引き結んだ。

『——矢木室長。準備出来ました』

スピーカー越しに柴田の声が響いた。互いの部屋は備えつけられたマイクシステムで繋がっている。

瑞貴はベッドに仰向けとなった状態で寝転んでい

た。

頷いた矢木が瑞貴に言う。

「瑞貴、とにかく限界まで頼むよ？　それなりの事をこちらも提供しているのだから」

『わかってるって。早く始めてよ』

瑞貴は矢木に対してぶっきらぼうに返事をする。

それなりの事……。

相当額の報酬が瑞貴に支払われている事が予想出来るやり取りだった。

「柴田君。点滴を開始してくれ。あとはこちらで操作する」

『はい』

柴田が点滴の解除栓を抜くと、透明な液が管を通り、瑞貴の細い腕から体内へ注入されていった。

「――矢木室長、あの薬は？」

瑞貴の様子を静かに見守りながら問う。

「あぁ、あれはだな、最近私が調合した『オメガ専用』の発情剤だよ」

「……専用の、発情剤ですって？」

嫌な響きだと顔を顰めた。

「そうだ。この実験ではオメガの性欲を最高値にまで高める必要があってね……まぁ、見てればわかるよ」

下卑た笑みを浮かべる矢木にゾッとした。

矢木の研究の表向きの目的は、世の出生率アップへの貢献だ。しかし実質は違う。

オメガを玩具にするような内容ではないかと危惧していた。それが今回現実となった。

とんでもない薬を作り出してくれたものだと、激しい目眩《めまい》すら覚えた。

「……ほら見てみろ。始まったよ。ヒートだ。思ったより効果が出るのが早いな」

「――!?」

ヒートだって？

ガラス越しの瑞貴の様子を、矢木はおかしそうに説明した。瑞貴はベッドの上で微かに体を震えさせていた。

専用発情剤って、意図的にヒートを引き起こすって事か！

「矢木室長、これはっ……！」

そんな事をしたらホルモンバランスが崩れてしまう。体への負担も大きい。

「いいから黙って見ていたまえ。見学は許可したが、阻止する権利は君にない」

「……っ！　でもっ！」

意見しようと矢木に詰め寄った時、柴田の声がスピーカーを通して響いた。

『矢木室長、現在脳波には異常なしです』

「そうか、じゃあこのまま投与を続けるから、柴田君は部屋から出てくれたまえ。フェロモンの餌食《えじき》になってしまう前に」

『わかりました』

点滴器具を最終確認した柴田が額に汗を滲《にじ》ませて戻ってきた。

「いやぁ、少し嗅いだだけでヤバかったです。オメガって凄いですね」

瑞貴が発情してまだ数分足らずだ。

ベータの柴田すらもすぐに反応してしまうフェロモンを発している事になる。それだけ強力な発情剤なのだろう。

「何だよ高城。まだいたのか？　大体お前、何しに来たんだよ」

柴田が嫌悪感を露にしてくる。

「高城君は優秀な頭脳の持ち主でもあるからね。この実験への意見も是非聞かせて欲しいと思っているんだよ」

「流石矢木室長。未来を担う化学者達は敵味方関係なく、その広い心で差別なく受け入れているのですね！」

柴田が訳のわからない御託《ごたく》を並べては矢木を讃嘆する。

広い心だって？

こんな強い嫉妬心の塊で、私利私欲に塗れた男だというのに。直属の部下である柴田も、やはり低能だと感じずにはいられなかった。

「ははっ、止してくれ柴田君」

「いえいえ、本当の事ですから！」

「…………」

耳障りな会話がすぐ傍で繰り広げられる中、私はただ瑞貴の体を案じた。

彼は荒い呼吸を繰り返していた。バスローブの袖をグッと握り締め、内腿を擦り合わせ始めた。欲情し、性器が勃起していると、誰もが見てわかる姿だった。

ヒートを見たのは初めてだ。私は立ち尽くしていた。

資料や文献から、どのような状態になるか知識はあった。想像する以上に淫靡《いんび》であった。

瑞貴の顔は紅潮し、呼吸が更に荒くなったのか、肩が大きく上下し出す。

「見たまえ。あれが浅ましいオメガのヒートだ。おい、瑞貴。ヒート時の限界数値をモニターでチェックしているから、まだいけるはずだ。我慢しろ」

矢木はデスク上の液晶モニター画面をタッチし操作した。

『……っん、わ、わかってる……んっぁあ……っ』

悩ましげで切ない瑞貴の声が室内に反響する。

「よし、まだいけそうだ。それにしてもたまらない声だねぇ。我々のようなベータでも、薬で威力を増した発情フェロモンは危険だ。君達は大丈夫かね？　実験室の構造上、フェロモンは漂ってこないはずだが……」

矢木がその場にいる全員に尋ねた。

「は、はい……何とか」

柴田の額から汗が流れ出す。どうやら実験準備時に軽くあてられたようだ。

もう一人の研究員は若干ソワソワしながらも、瑞貴のデータにパソコンに入力していく。おそらく彼は視覚的な問題で刺激を受けたのだろう。

「高城君は涼しい顔をしているから、大丈夫そうだね？」

「――ええ、大丈夫です」

冷ややかに答えながらも、怒りが心の底から突き上がってきていた。

ヒートを強制的に引き起こす薬なんて、あってはならない。

果たしてこの実験研究が役立つのだろうか。オメガの男性に高確率でアルファを妊娠させる事が可能なのだろうか……いや、こんなのはおかしい。

この実験は間違っていると思った矢先……。

『ッ――あぁ、ん……もぅっ、無理！』

瑞貴が限界を訴えはじめたのだ。自ら脚を開いては、猛った中心部分と後孔に手を持っていく。そこは厭らしくヒクついていた。肉壁まで覗けるほどの大きな収縮だった。

何だ、これは……。

目を逸らしたくなるほど淫猥《いんわい》で衝撃的な姿だった。

「っ……すっげぇ」

柴田が隣でゴクリと生唾を飲み込む。やけにリアルに響き、鳥肌がゾッと立った。

「瑞貴、あと少し我慢してくれ。脳波にはまだ余裕がある」

冷静に言い放った矢木がモニターを操作する。点滴投与のスピードを上げたようだ。

『あっ……ひぃぅっ、いぁあっ――……！』

増量された薬に瑞貴は四肢を痙攣《けいれん》させながら、ひたすら喘ぎ声を上げる。口端からは一筋の涎《よだれ》が垂れ、瞳は完全に蕩《とろ》け切っていた。

あれが……ヒート？

あんな風になるのか――。

発情の姿に体が小刻みに震え出す、心は戦慄《せんりつ》していた。

「よし、なかなかいい感じだ。柴田君、そろそろ連絡を入れてくれ」

ここで矢木が指示を出す。

「わかりました」

従った柴田は内線電話をかけ小声で誰かと話していた。

誰に連絡をしている？

疑問に思う傍《かたわ》ら、瑞貴の発情は一層ヒートアップする。スピーカー越しの嬌声《きょうせい》が甲高くなった。

こんなの、こんなの……聞きたくない。

室内に響き渡る、あられもない声に耳を塞ぎたくなる。

『あぁ、もう……誰かっ、誰でもいいからっ、早く、欲しいぃっ……！』

瑞貴が後孔を引っ掻き回す勢いで指を突っ込んだ。粘着質な水音が響く。秘部は濡れ、淫液がしとどに溢れ出していた。欲しいと訴えるのは勿論、男根だ。

オメガ男性は発情すると、後孔が女性の膣のように濡れると聞いてはいたが、まさかここまでとは、想像を超えた姿に絶句していた。

何て姿だ。何て淫らなのだろうと……そして知った。

もし、私も発情した場合は、あのようにして雄を求めてしまうのかと。

「──っ……！」

もうこれ以上は、見たくない……私には見られない！

叫びそうになった。

耐え切れないと、瑞貴から顔を背けた時だ。

ガラリと、研究室の扉が勢いよく開いた。全員が扉へと注目する。

「矢木室長、意外に早かったな。それにしても……凄いフェロモンだ」

「……っ!?」

嘘だろうと、私は耳を疑った。

上質なスーツを着用する男に硬直した。

「冴嶋センター長！　お待ちしてました。そうなのです。意外に効き目がよくて……」

理生研の全てを牛耳《ぎゅうじ》る冴嶋はニヤリと口端を上げる。

この男が何故……まさか!?

私は息を呑んだ。

恐ろしい可能性に思い当たった。

冴嶋と矢木、両者の会話が始まる。

「参ったよ。部屋にいてもオメガの発情フェロモンが漂ってきて気が気じゃなかったよ」

冴嶋がガラス越しに視線を送る。その瞳は血走っており、飢えた雄の目をしていた。身悶《みもだ》える瑞貴を早く食べてしまいたいと、アルファが雄欲を剝《む》き出しにしていた。

「……っ！」

体が強張った。情けないと思いつつも、恐怖を感じていた。

「ほぉ、そうですか。我々ベータにはそこまでの匂いかどうかはわかりませんが……やはり開発した薬の効果は抜群のようですな。実験室の設備も効かないとは……」

満足感を得た矢木は、瑞貴へと言葉をかけた。

「ほら瑞貴。お前が求めてやまないアルファ様が来てくれたぞ？」

『あっあ……んっあぁ、早くぅっ、早く来てぇ！』

アルファの匂いを感じ取ったのか、理性を飛ばした瑞貴が冴嶋を求めた。

「見て下さい。投与してから、すぐに激しいヒート状態に入りました。これはいい結果が期待出来ます」

得意気に語る矢木だが、冴嶋はそれどころではないらしい。どこか落ち着かない様子であった。瑞貴の発情フェロモンに完全に取り込まれていた。

矢木は続ける。

「薬の効果ですが、ヒートを引き起こす際に排卵を強く促し、受精率や受胎率もアップさせる作用があります」

「なるほど……私があのオメガに『子種』を仕込んでしまえばいい……そういう事だろう？」

「はい。受胎を確認した上で、結果的にアルファを身籠る事が出来たのなら、そのまま妊娠継続させます。もし他の二性の場合は……」

「っ――!? ちょっと待って下さい！」

想定される悍《おぞ》ましい実験内容に私は声を張り上げ、待ったをかけた。

二人の会話が途切れる。

「何だね高城君。今、センター長に大切な事を説明しているんだ」

矢木が煩わしそうに目を細め、冴嶋もまるで私を邪魔者のように鋭い睨みを利かせて見てきた。

「っ……あ」

喉が小さく震えた。

アルファのオーラに怯みそうになるが、そうは言っていられない。

こいつらは実験という名の下に、瑞貴に子を孕ませようとしているのだ。

「彼の……っ、瑞貴の了承は得ているのですか!? このままアルファと肉体関係を持つと受胎率は……！」

「高いだろうね。しかも今夜は通常より確率が高い。さっきからそう言っているじゃないか。それがどうかしたのかね？」

「どうかしたのかって……矢木室長！ 貴方は彼の意思や人権を全く無視しているじゃないですか！」

握り締めた拳が酷く震えていた。

実験で一人の人間を受胎させるなんて、あってはならないのだ。

「無視？ 違うね。言っただろう？ 瑞貴とは何もかも交渉済みだ」

「そんなバカな話がありますか！ 体への負担が大き過ぎる！ それに受胎させてどうするのです!? アルファが生まれるとは限らないじゃないですか！」

「それも今聞いただろう。全て『実験』なんだよ……高城君」

「――は？」

常軌《じょうき》を逸した矢木の考えは全く理解出来なかった。

「妊娠確定反応が出たのと同時に血液検査をするんだよ。染色体異常の検査を行うようにね」

「――まさか、信じられないっ！　人の生命《いのち》ですよ!?」

激しく首を振り、矢木の考えを全否定する。

「聡いねぇ、君は。まさにその通りだよ。検査結果で胎内の赤子がアルファでないのなら、堕胎させたらいいだけの話だろう？」

「――っ！」

これ以上ないほどの戦慄が走った。

ここ数年の医療技術で、高額な費用こそかかるが、特別な血液検査で胎内の子供がどの性別の人間か調べる事が可能になった。しかし正確さに欠け、実用化には至っていない。

それを矢木は試みようと言う。理生研の研究者という立場と、冴島の権力を使って。

「矢木室長、こんな事は絶対に許されません！　もし世界化学機構が知れば……！」

「ここはな、日本なんだよ！　世界世界って煩いんだよ、高城!!」

「っ――！」

大問題だと言う前に矢木は大声で抑圧にかかった。

「センター長、そろそろよろしいでしょうか？　よろしくお願いします」

矢木が冴嶋を窺った。

「早くしてくれ。もう限界だ。何と言ってもオメガを抱くのは久々だからな……楽しみだ」

興奮しているのか、冴嶋はフーフーと、荒い呼吸を何度も繰り返していた。

そしてとうとう、実験室の扉へと手をかけた。

「っ……！　冴嶋センター長、お願いです！　彼の体に負担がかかるような事だけは！」

止めて欲しいと、私は冴嶋の白衣の袖を咄嗟に掴み行動を阻止しようとした。しかし――。

「――邪魔をするなっ！！！」

怒号と共に力強く振り払われ、私の体は後方へと吹っ飛び、収納庫へと激しく衝突した。ぶつかった衝撃で棚の中で備品が次々と倒れ、派手な音を立てていた。

「――っ……ぐっ」

背から走る痛みが呼吸を詰まらせる。思わず蹲《うずくま》る私に冴嶋は忌々しげに吐き捨てた。

「……宮本の狗《いぬ》が！　あまり調子に乗るなよ」

ギリギリと燃え滾《たぎ》った目はもはや正気を失っていた。性欲に支配されていた。もう瑞貴……オメガとの性交渉しか頭にないのだろう。

「矢木室長、彼はもういいだろう。追い出しておいてくれ。煩くて仕方がない」

冴嶋はそう命じながら、実験室へと足を踏み入れた。

『あぁっ、あっ、来たっ……ねぇっ、早く、挿入《いれ》てよぉっ……！』

瑞貴が切羽詰まった声でアルファを切願する。

『あぁ、美味《うま》そうなオメガだ。存分に味わってやろう……』

ベッドに乗り上げた途端、冴嶋は我を失ったかのようにして、瑞貴の細い体を一心に貪りはじめる。艶めかしい内腿や腰を撫で上げ、グズグズに蕩けた肉孔へと指を突き入れた。

『おぉぉ、オメガの雄膣《なか》だ……もう、こんなにもドロドロじゃないか！』

『あっ……っん、ぁあぅ――んぁあ！』

冴嶋が手首を駆使しながら、二本の指を激しく抜き差しする。瑞貴の喘ぎ声が飛んだ。

アルファに触れられ歓喜する瑞貴の姿はもう見ていられなかった。

嫌だ、こんなのは――。

私は目を瞑《つむ》った。

耳を塞ごうとした時、突如静寂が訪れた――。

「…………？」

　何事かと瞳を開くと、今の今まで冴嶋と瑞貴を確認出来ていたガラス張りの壁は真っ黒なスクリーンへと変わっていた。スピーカーからも全く音が聞こえなくなった。

「流石に、性交場面を直接見るのは刺激が強いからねぇ。とにかく事が終わるまで待機というわけだ」

　気を遣っていると言いたげな矢木の台詞に、怒りが再燃する。

「……矢木室長……よくも、こんな……こんな非人道的な事が出来ますね……！」

　喉から振り絞るように出した声は情けないぐらいに震えていた。怒りが収まらない。

「ははは っ！　そんなに怒る事はないじゃないか。この実験はどうだ？　勉強になっただろう？」

「ふざけないで下さい！　こんな事、こんなおかしな実験などっ！」

　体はまだ痛みを残していた。それでも私は痛みを堪え、立ち上がった。

「そうでもないさ。これでアルファが生まれでもしたら、それこそ素晴らしいじゃないか！」

　矢木が両手を大きく広げて笑っていた。まるでこの実験を讃嘆するように。

　何が素晴らしいのだと、私は全身を使って首を横に振った。

「その為にはオメガを好き勝手に扱ってもいいと……!?」

「そうだ。何故ならオメガは性交をして生き甲斐《がい》を感じる性別だからね。だったらそれを利用して出生率アップに繋げる。そこでアルファが生まれたら最高じゃないか。ある意味オメガの価値が高まるだろう？」

「価値……ですって？」

　オメガを何だと思っているのだと、ひとりの人間として扱う気はないのかと、怒りを通り越して悲しみの感情が生まれた。

矢木に対する激しい怒り。

アルファという性別なら何をしても許されると思っている冴嶋。

この実験を黙認する理生研。

全てが一緒くたとなり、大きな憎しみとなって心が支配されそうになる。

今、黒くなったガラスの向こうでは、冴嶋が瑞貴をまるで性の玩具のように扱っているのだ。

気がどうにかなりそうだと、私はフラつく足を叱咤する。

「そうだ価値だ。オメガのような下等な性別に、この私が活躍の場を与えてやっているんだよ。しかも今回、センター長自ら協力して下さった。光栄だと思わないか？」

「協力？　あんなの、ただ性欲に支配された厭らしい姿です！」

「口を慎みたまえ！　冴嶋センター長は高貴な性別……アルファだ！」

叫んだ私に向かい、矢木が険しい表情で一喝《いっかつ》を浴びせた。

矢木は尚も続ける。

「それに、宮本の下にいる君が、あまりいい立場ではない事ぐらい既にわかっているだろう？」

「だから何です!?　汚い権力を使って宮本室長を理生研から追放して、後々に私を……この研究室に招き入れてやろうとでも言いたいのですか!?」

「ははははっ！　それは君の態度次第だよ」

何処に笑う要素があるのか。

そんな私達のやり取りを、柴田ともう一人の男性研究員は戸惑いながら見ていた。

「――態度次第も何も、矢木室長から教わる事は何もございません」

「――何？」

矢木の笑い声がピタリと止まった。

「お金を積まれてもお断りです。貴方の下で研究を続けるぐらいなら、私は迷わず日本理生研での白衣を脱ぎ、研究職を辞します」

「言うねぇ……さすが宮本室長に躾《しつ》けられた狗だ」

「では矢木室長は……そうですね。冴嶋センター長や井ノ崎大臣に媚び諂う、ある意味従順な狗とでも言いましょうか？」

皮肉を大いに含んだ言葉を聞いた矢木の顔は一層醜く歪んだ。

「君ねぇ、本当に生意気だよ……その綺麗な顔をいつか本気で泣かしてやりたいねぇ」

とことん嫌な男だ、とことん腐った男だ。

もう限界だと感じた私は、瑞貴の事が気になりつつも、この場を離れる事にした。

「これにて失礼します。わざわざ実験を見せて頂き、ありがとうございました」

形だけの一礼をし、矢木の前を通り過ぎる。

「そうだ高城君。改めて忠告しておいてやろう」

背後からの声に私は一切振り返らず、扉の前で足を止めた。


「この理生研に……化学界に必要なのは宮本なんかじゃない。この私、矢木英治《えいじ》だ！　しっかり覚えとけ！」

何かと思えば存在の誇示だ。

食って掛かりたい、いや殴り飛ばしたい衝動に駆られたが――。

「……失礼します」

扉を開ける。

これ以上、無駄な言い争いをしても意味がない。

感情に任せて後ろ手に扉を閉めた。派手な音が薄暗い廊下の向こうにまで響く中、私は研究室を立ち去った。

煮え滾る怒りを心に秘めながら――。

月明かりの下

──あいつら腐ってる！

月明かりに照らされた静かな廊下を、怒りのままに突き進んだ。足音が大きく反響していた。

逆立った感情が落ち着かない。

頭痛を引き起こすくらいに鼓動が大きく鳴っていた。

瑞貴は大丈夫だろうか。

本当なら彼を無理やりにでも連れ出したかったが、同意の上だと言われたら、救いようがない。理生研のトップ、冴嶋が姿を現した時点で、私には実験を阻止する権利はないのだ。

「──オメガを、何だと思っているんだっ！」

立ち止まり、拳で壁を叩いた。

骨にまで痛みが振動する。許せなかった。オメガを実験体として好き勝手に扱う矢木も、今頃彼を欲望のまま支配しているアルファである冴嶋も……何も出来ない私自身も──。

瑞貴もあんな扱いを受けていいのか？

アルファを求めていたとはいえ、あれは無理やりに引き摺り出されたヒートだ。本人の意思ではない。

何もかも間違っていると、私が奥歯をギリッと噛み鳴らしていると、ガタンと、大きな物音が聞こえた。

「──!?」

静かな所内にしては違和感のある音だ。

周りを見渡すと、音の出所が近くの部屋だと気付く。ちょうど私が立ち止まった場所は第三会議室の前であった。

この会議室は狭いため、使用する機会が少ない。灯りは点いていない。誰もいないはずなのに、どうして物音がしたのだろうか。

何かが落ちたのか、それとも侵入者？

見過ごすわけにはいかないと、少しの恐怖感を抱きながら私は扉へと手を掛けた。

鍵は掛かっていない。ドアノブを回すと、キィと、小さな金属音が鳴った。

扉を開けると、窓から差し込む月明かりが薄暗い室内を照らしていた。

恐る恐る会議室を見渡すと、ある一点で視線が止まる。姿こそはっきり確認出来ないが、窓際に置かれたソファの付近で、片膝を立てて蹲る人影を発見する。苦しそうにも見えた。

「――誰です!?　大丈夫ですか!?」

その顔は見えない。具合が悪いのか、それとも突然の発作か……私はすぐに駆け寄り、その人物の肩に手を掛け振り向かせたが……。

「――――っ!?」

触れた途端、掌に電流が走った。伝わった刺激は熱となり、全身を一気に駆けた。

この痺れの感覚を私は何度も体験している……まさかと目を見開いた。

「っ……あ、れ？　た、高城、さん……？」

「――――っ」

あの声が耳奥を突き、鼓膜を揺らした。

蹲る人物と至近距離で視線が合う。息が詰まった。

「や、藪中さん……貴方、どうしてこんなところに」

私の名を呼ぶ人物は、藪中路成だったからだ。

彼の額からは汗が滲んでいた。呼吸も少し乱れている。頬も紅い。体調が悪いのは一目瞭然だった。

「まさか、高城さんが……来るなんて。ははっ、ヤバイな」

藪中が腹に力を入れる。何かをグッと堪えては、ソファの布地を握っていた。

熱っぽさを孕んだ瞳には色欲が潜んでいた。

私はここで気付く。違うこれは、体調不良なんかではないと。

「藪中さん、先に帰ったんじゃ……それに、まさか――？」

そう彼は、欲情している――。

「っ、すみません。こんな情けない姿を晒してしまって……。あのオメガの彼のフェロモンが、どうやら強過ぎて……研究室からなるべく離れていたつもりなんですが……駄目でした」

瑞貴に投与した薬が大きく影響しているのだろう。敢えて距離を取った藪中でも、こんなにも身悶えさせてしまう。冴嶋も所長室にまで香っていたと言っていた。矢木の開発した薬が、いかに強力で危険なのかを物語っていた。コールフェロモンと同等の媚薬だ。

あの藪中が、こんな事になるのか。発情の威力をまざまざと知る。

瑞貴は今頃どうなっているのだろうか。

オメガの発情はアルファの精子を胎内に受けると一旦落ち着き、それと同時に発情フェロモンも抑制する効果がある。

今の藪中を見るに、欲情はまだ治まっていない。瑞貴がフェロモンを放出し続けている証拠だ。

あの実験室では、未だ性行為が行われているのだ。

想像するだけで、吐きそうだと、私は口元を手で覆った。

そして目の前には、オメガのフェロモンに無様《ぶざま》にあてられたアルファ、藪中がいる。

心底穢《けが》らわしいと思った。

アルファに対する憎しみと嫌悪の気持ちが、一緒くたになり、抑え切れないほど膨らんでいった。

どいつも、こいつも——。

冷ややかな瞳で見下ろす私に、藪中は戸惑いの表情を浮かべながら言う。

「高城さん、すみません。あの、部屋から一度出て……もらえますか？　少しだけの、影響だと思うので……落ち着かせてから、俺も帰りますので……」

藪中はゆっくりと立ち上がると、長い脚を投げ出すようにしてソファへと腰掛ける。

彼は必死に欲情に抗《あらが》っていた。

喉を仰け反らせながら、はぁはぁと、短く荒い息を弾ませていた。そのたびに男らしい喉仏が動き、そこはしっとりと汗ばんでいた。月光がそんな彼を妖しげに照らしていた。

私はゆっくりと藪中の中心部へと視線を落とす。そこは薄暗い室内でも一目でわかるぐらいに猛り、衣服を大きく押し上げていた。

あぁ、勃起しているのか。

そんな彼を見た瞬間、ある考えが頭を過る。

そして弾けた。

もっと特異な精子を持つような人物——。

それこそアルファ中のアルファでないと——。

強い精子が必要だと、ずっと思っていたじゃないか。

そうだ。あるではないか……。

今ここに、目の前に、最高でいて優秀な種が——。

しかもその種の持ち主は、私に対して想いを抱いていると言う。

好都合だ。コールフェロモンも手にしている。もう、迷ってなんかいられない。状況は差し迫っている。利用出来るものを利用して何が悪いのだ。

心の中で芽生えた黒い感情と、普通なら考えもつかない行動がいよいよ結びついた時、私の口からは自然と言葉が放たれていた。

「——抜いて差し上げましょうか?」

「——えっ?」

敢えて感情を殺した口調で提案した。

対して藪中は嘘だろうと言いたげに、整った顔を歪めて素っ頓狂《すっとんきょう》な声を上げていた。

「だって、このままでは辛いでしょう?」

私は行動に移すべく、藪中の脚の間へと体を割り入れた。

「いやいや、高城さん! 一体何を……落ち着いて下さい!」

藪中は目を剝きながら激しく狼狽《うろた》えていた。

彼がここまで取り乱すなんてと、私は妙な優越感に包まれた。

「言ったでしょう。抜いてあげると。嫌ですか?

貴方……私の事が好きですよね？」

「それはっ、そうですけど！　でもこれは、流石に……っ」

マズイと言いたげに、藪中が上体を反り引いた。

「遠慮なさらないで下さい。これは取引です。私からしたら……仕事みたいなものです」

「えっ？　と、取引って――っあ……っぅ！」

問い返される前に、私は藪中の引き締まった太腿をスルリと掌で撫で上げた。それだけで彼の体はビクリと反応する。

躊躇《ちゅうちょ》や羞恥を捨てるのだと言い聞かせた。

こんな事、本当はしたくない。

したくないにもかかわらず、私の心臓はアルファの男を渇望していたかのように高鳴っていた。

違う、これは研究の為だ。そうでなければこんな行為、絶対に出来ない。特別な想いなどない。

「っ――た、高城さんっ、ちょっと……っ」

「いいから黙って。あまり上手ではないかもしれませんが……」

高級そうな革ベルトに手をかけた。

余裕ぶった言動を見せるが、私の手は見るからに震えていた。それでもベルトを解き、ホックを外した。寛げたスラックスからグレーの下着が覗く。目に飛び込んできたのは、欲情を模《かたど》った屹立のラインだ。下着の布地にクッキリと浮かび上がっていた。

「――っ……！」

雄の匂いが舞い漂い、鼻腔を掠めた。

濃厚でいて甘美な香りだった。視界が眩《くら》む。

甘いなんて、普通なら有り得ないだろうが、その匂いは脳細胞にまで染み渡るようだった。

これが、藪中の雄だ。

自我を保ちながら、私は下着越しに反り立った屹立を凝視した。

「っ、高城さん、駄目です。こんな事は……止しましょう」

頭上から荒い息が届く。理性と戦っているのだろう。

「こんな事？　いきなり口付けてきた男《ひと》が何を言うのです」

「それとこれとは、全然違って……」

「いいから黙って下さい」

平静を装ったが、鼓動音が全身に響いていた。私は気付かない振りを続け、彼の屹立を掌全体で、まったりと押し撫でた。

「っ……あぁ、ヤバっ……！　高城さんっ、手を、手を離して下さい……っ！」

低く唸った藪中が私の手首を掴むが、本気で阻止するようには感じられない。

だって、その瞳を見たらわかる。彼は私に触れて欲しいのだ――。

「藪中さん、今はとにかく楽になりましょう。話はそれからです」

甘く誘惑するような言葉を囁く。

自分が信じられなかった。

こんな娼婦みたいな真似事が出来るなんて、思いもしなかった。

「高城さんっ、でもっ、あぁ……っはっ――うあっ」

滾った雄肉を掌で押し擦るように手淫した。彼の言葉は、色づいた深い吐息に掻き消された。

そのまま何度も何度も強弱を付け掌で刺激した。やり方が合っているのかも、今一つわからない。それでも同じ男性だ。感じるところは感覚で探った。

下着越しの雄肉は、刺激を与えるうちに硬化し、突き破ってきそうなほど大きく隆起していた。先端から滲み出る先走り汁が布地に染みを作っていた。

そう、これだ。私は種《これ》が欲しいのだ。

目的のものを事務的な作業で絞り出そうとする。これは仕事の一環だ。余計な感情は一切要らない。

藪中の精子がどうしても必要だ。どうしても――。

気持ちが昂ぶる中、刺激を与える屹立がいよいよ痙攣しはじめていた。

「――藪中さん、辛そうですね」

震えを殺して落ち着き払った態度を取る。

下着は湿り、生々しい切っ先肉が微かに透けて見えていた。

「っ……だって、高城さんが、俺のを、触ってるってだけで……っぁあ、く」

「……興奮します？」

尋ねながら、次は下着越しに浮き上がった裏筋のラインを指先で挟み擦った。

「っ……そりゃ、そうですよ……あっ、今の、ヤバイ……です」

「気持ちいいですか？」

「み、見たらわかりま……せんか、っぐ——っぁ！」

藪中が下肢の力を抜いた。私の施しに身を任せ、駆ける悦楽を素直に享受《きょうじゅ》していた。

「藪中さん、腰を浮かせて下さい」

ゆっくりと告げながら藪中の下着に手をかけた。

次の行動を予測したのか、藪中は一瞬困惑した表情を覗かせたが、すぐ従った。

下着をずらし脱がすが、勃起力が強いのか、先端が生地に引っ掛かってスムーズにいかない。私はそれを振り切るようにして太腿まで下着を下げた。その反動で肉竿は大きく左右に揺れながら姿を晒した。切っ先の割れ目から淫液が飛び散る。透明で、粘つきのある我慢汁が私の手の甲や彼の内腿へ付着した。

「わっ……す、すみません！」

「何故謝るのです？　今から直に触れるのですから、別に構いませんよ」

反り立つ生雄を見つめる。露出された事で雄臭い匂いが、より濃く放たれていた。独特な香りだ。

今まで飽きるほど、精子を見ては調べてきた経験からだろう。燻り溜まる精液は濃いとわかった。

脈打つ竿肉からは幾筋も血管が浮き出ていた。ドクドクと音が鳴るほど滾り勃っている。

全体の大きさは、自分の物とは比にもならないくらいに立派で長大だ。

私の指先が切っ先へと向かった。濡れた鈴口に触れ、指腹をクリクリと回すと先走りが長い糸を引いた。

「──っはっ、あぁっぅ……ん」

男らしくも色っぽい吐息で、藪中は性感を表現する。

凄い。少し触っただけで、こんなにも出てくる。

観察しながら、屹立全体を私は掌で直接包み込んだ。上下運動で徐々に摩擦を強めていく。種を吐き出させる為に。

「──っ、あっ、高城さんっ！　ちょ、ちょっとっ……んぁ！」

藪中は声を上擦《うわず》らせながら、与えられる刺激に腰を震わせる。

空《くう》を仰ぎながら荒い呼吸をし、月の光を受ける藪中は男の色香を凄絶なほど放っていた。

色っぽいとはまた違う、雄特有の色気を醸《かも》し出している。アルファの匂いが私を誘っていた。

「──っ…」

取り込まれるな！

強く戒めながら、ひたすら彼への手淫を続けた。

拙《つたな》い施しだろうに、藪中の竿肉は今にも爆発しそうだった。掌の動きはそのままに、人差し指と中指で、エラの張ったカリ首部分を挟み込む。

「──っ……あ！　これ、ヤバイ……ッ」

「出そうですか？」

意外に早い吐精の兆候《ちょうこう》だ。

視線を上げながら尋ねると、藪中は肯定するように、劣情に塗れた瞳で私を見下ろした。

「────っ！」

何故だろう。

今は、私が彼を従えている状況と言ってもおかしくないのに、この支配力に満ちた瞳に服従しそうだった。

甘い恐怖が、私の本能《オメガ》を掴む。

どんなに感情を殺しても冷静でいようと努めても彼は私を捕らえてくる。

視線を逸らした私は、手の力を一層強め、擦る動きをスピードアップさせた。

いよいよ藪中の雄が連続的に痙攣し出す。

「っ――はっ、高城さん、もうっ、もう出そうです……っ！」

切羽詰まった声に、私はコクリと頷いた。

「――わかりました。出して下さい」

確実な射精へと導こうと、右手で竿肉を擦る。左手の掌は先端へと覆い被せて、小刻みに回転させた。

卑猥な水音がどんどん大きくなる中、あと少しと、最後の瞬間へと促しにかかった時――。

「はっ、あっ、ぐっ――イクッ……!!」

「――っあっ！」

熱放出は身構える前に訪れた。私は思わず小さな悲鳴を上げた。

先端から勢いよく飛び出た白濁は、私の掌によって噴出を遮られたが、生温かくも夥《おびただ》しい量の精液が両手首までをも濡らした。やがてそれは床へと滴《したた》り、私達の足元を濡らした。

生命を創り上げる種は、月光に照らされ、宝石のようにキラキラと輝いていた。

これが、これが欲しかった。

光る白濁を茫然と見つめながらそんな事を思っていた。

「っはぁ、はぁっ……あぁ」

藪中が絶頂後の喘ぎを漏らす。

ビクンビクンと蠢《うごめ》くのは逞しい胴だ穂先からはまだ射精が続いていた。やっと出し終えた時、彼は全身を弛《し》緩《かん》させ、ソファへと背を預けた。

額に汗を滲ませて、快楽を得た藪中は恍惚《こうこつ》感に満ちていた。

しかし彼の顔はすぐに引き締まる。

我に返ったようだ。目を大きく見開いて姿勢を正すが、かなり慌てていた。

「す、すみません、高城さん！　俺、高城さんに何て事っ！」

「どうして謝るのです？　私から提案した行為です」

何事もなかったかのように私は静かに立ち上がった。

眼鏡を通して映るのは、白濁塗れの雄肉だ。

屹立《そこ》は再び主張を始めていた。緩やかな角度ではあるが、射精はまだ可能だろう。あれほどの量を出したにもかかわらずにだ。

オメガのフェロモンで、ここまでなるとは。

有り得ない精量に驚愕していた。

やはりこの男も冴嶋と同じアルファだ。オメガを性の対象とし、支配しにかかる人種だ。

そんな事、絶対に許してはいけない。

だったら私は、こいつらアルファを最大限に利用してやろうと、心に決めた。

そして藪中に向かい、こう言葉を吐いた。

「貴方の種、頂けます？」――と。

「……はい？」

「ですから、貴方の精子を頂けるかどうかを聞いているのです」

藪中は驚きに満ちた表情で私を凝視する。一体何を言っているのだろうと、思考回路は混乱しているに違いない。

熱い、手も指先も、神経も。

彼の精で濡れた手が熱くて焦げつきそうだ。

この男が、アルファが……藪中路成が大嫌いだと、今にも叫び出しそうだった。

それでも彼の熱に触れた事で、心が高揚する自分がいた。

心臓が煩い、血が、細胞が……全部全部熱かった。

まさか――？

いや違う。絶対に違う。

これは発情なんかじゃない。逸《はや》る鼓動を落ち着かせようと、私は深呼吸を繰り返した。

「――昨日の取引の件、引き受けます。だから藪中さん」

心音のスピードが通常に戻ったところで、いよいよ取引を切り出した。

「――何ですか？」

藪中も冷静さを取り戻したのか、じっと動かずに私を静視している。

「藪中さんの精子を私に下さい」

「精子を……ですか？」

その願いに藪中は怪訝な顔をした。私の考えを読もうとしているのだろう。

「はい。その代わりに、私も藪中さんの要求になるべく応えます」

「……それ、正気ですか？」

藪中の声色が少し変わった気がした。今の提案に興味を持った、そんな風に取れた。

「正気です。どうしても、貴方の種が欲しいのです。それに、私の為ならば何でもしたいと申し出ていましたよね？」

私は何て事を嘆願するのだろうか。

でも、ここまで来たらもう引き返せない。

「確かに言いましたけど……」

そう呟いた藪中が衣服を素早く整え、ソファから立ち上がった。

視線は下を向いている。

要求を呑むか呑まないか、考えているのだろうかと、私は反応を待った。すると藪中が突然動き出した。精に濡れた私の手を掴んできたのだ。

「――っ！」

捕らえられたと、瞳を大きく瞬いた。

薄暗く肌寒い空間で絡む視線。治まったはずの鼓動が指先にまでジンジンと響いた。それでも私は断固視線を逸らさない。ここで逸らしたら、決意が崩れそうだ。

私達の間には緊張の糸が張り詰めていた。

「なるほど……要するに男の純情を買うわけですね？　研究の為に、俺は精子を提供すればいい。そして高城さんは、その対価として俺の要求に応える……そういう取引ですよね？」

藪中は余裕たっぷりな態度で取引内容を確認した。

「……そういう事です。いかがでしょうか?」

私も負けじと平静を維持した。

「取引中に少しでも恋愛に発展する可能性があれば、最終的に高城さんを貰っていい……そういう意味も含まれています?」

「そう取って頂いても構いません。ただし、申し訳ありませんが、その可能性はほぼゼロです。それに私は物ではありません」

ピシャリと言い放つと、藪中はクックックッと肩を小さく揺らし笑い出した。

「あははっ、すみません。そうでしたね。では言い方を変えてみます」

「――?」

引っ掛かりを感じ、眉間に皺を寄せる。

そして彼は言った。

「――貴方を『番』にしてもいいですか?」

「――っ!?」

まるで鋭利な刃物のように、藪中の言葉が突き刺さった。

やはり彼は、私がオメガであると勘づいていたのか。心臓が大きく打ち出した。

藪中の髪が、瞳が、真冬の月光に照らされ美しく光る。こんな状況でも、窓越しに昇る月が凄く綺麗だと心から感嘆した。

違う。私の感覚は違うところに攫われている。

それは目の前にいる、人類の頂点に立つこの男が、恐ろしいまでに美しいからだ。

見入っていたところで、藪中がクスリと笑う。

「あぁ、すみません。『ベータ』の高城さんに番なんて言葉を使ってしまって……」

「――え?」

気付いていない?

私は彼の出方を待った。

「番にしたいぐらいに、俺が高城さんに本気だって事、やっとわかってくれました?」

そういう事かと、私は気付かれないよう安堵の溜息をつく。

「……わかりました、という事にしておきます。でも、藪中さん。貴方に万が一『運命の番』が現れたらどうされるのです？　そんな事、言っていられませんよ？」

「関係ありません。俺にとっての運命は高城さんですから」

「――っ、何をバカな事を」

何の迷いも見せない藪中の台詞は、心を誘引する威力を充分に持っていた。

「バカな事じゃないです。本気です」

「……とにかく、取引は成立でいいですよね？」

聞かない振りで最終確認する。

事は済んだのだ。摑まれた手を振り解こうと身を捩るが、藪中は応じないどころか、その逞しい胸に私の体を引き寄せ、抱き込んだのだ。

「――っ、ちょっと、いい加減離して下さい！」

抗議をしても、力強い腕はそれを許さない。

「勿論、取引は成立ですよ……誉さん」

「……！」

耳元で囁かれたのは、私の名前だった。その声色に背筋が震えた。

「俺の真の要求は、誉さんの心です」

抱き締められる中、切願する声が届いた。

「心……ですって？」

「はい。いくら高城さんが欲しいと言葉で伝えても、そこに心が……愛がなければ意味はないですから」

骨が軋むくらいに強い抱擁だった。まるで藪中の熱い想いを表現するかのように。

「――愛……？」

料亭で番関係について語り合った事が過った。

「そうです。誉さんが俺を本気で愛してくれるなら、何でもしますから」

抱き締める腕の力が緩み、視線が至近距離で交わった。互いの息が触れる。今にも口付け出来そうな距離だった。私はグッと顎を引きながら言った。

「……わかりました。もし、この取引の間に、私が少しでも藪中さんに心を奪われたら、前向きに検討しましょう。でもそれは、貴方が必ず私に精子を提供する事が大前提です。取引終了時点で私の心が何も変わらないのであれば、それまでです」

「はい。わかっています……あと」

「――？」

「取引期間は、さっきのような性的行為は出来ますか？」

「――――なっ！」

手淫をまざまざと思い出した。

彼から身を剝《は》がそうと、両腕を大きな胸へと突っ張るが、無駄だった。再び力を込められた。しつこい抱擁に危機感が芽生える。

「まさか誉さんが、あんな事を積極的にしてくれるとは思いませんでした。いくら俺の精子が欲しくても、なかなか出来ない行為ですよね？」


「そ、それだけ、状況が追い込まれているのです！　そこに特別な感情はありません」

口早に否定しても、藪中はニヤニヤとするだけだ。

「え〜？　誉さんみたいな性格の人は、本当に嫌いな人の性器なんて素手で絶対に触れないでしょう？」

「研究と実験対象なら別です。ただの棒です」

あんなのは肉の塊にすぎないと、羞恥を抹消する。

「た、ただの棒って……酷いなぁ。人の大切な分身を」

「先程の行為は今回だけですよ。それにこうやって気安く触れるのも」

「うーん、流石にそれは無理ですね」

藪中は納得いかないようだ。

「何ですって？」

「せめて触れる事は許して下さい。でないと元気な種を出せないかもですよ？　それこそ研究にはよくないでしょう？」

「……貴方ね」

こじつけた理由に辟易し、藪中を一睨みした。

「だってそうじゃないですか！　恋愛感情ってストレートに性欲に繋がるでしょう？　精子にも影響する……そういった話聞いた事ありません？」

「……まぁ、あながち外れていませんが」

遺伝子学的にも好意を抱く人物に対しての分泌は、何かしら影響している。私が今からしようとしている研究にも似たところはある。

だからと言って、手淫行為はもう二度と出来ない。したくない。自分でも信じられなかった。我を忘れたとしか言いようがない。

しかし時間は巻き戻せない。

私は自らの意思で、手で、彼の一物《いちもつ》を刺激し、吐精させた。それは紛れもない事実だ。

精に濡れた手は、徐々に乾きはじめていた。

藪中はそんな私を見て、どこか得意気に笑う。

「ふふっ、大丈夫ですよ。さっきの行為以上は望みません。それから先は想いが通じ合ってからに……」

「ないと思いますけど」

即答するのと同時に、そろそろ本気で体を離してもらえないだろうかと身動ぎする。

「返事を頂けるまで離しませんよ。俺だって自分の大切な精子を提供するんです。それって結構重労働なんですよ？　高城さんの為に何でもするとは言いましたけど、それなりの対価は求めたいです」

「……で、何を要求するのです？」

それは一理ある。貴重なアルファの種だ。私は彼の話を聞く事にした。

「そうですね……先日みたいに一緒に食事とかは駄目ですか？」

「それぐらいは構いません。ただ、私は今、とっても忙しいですよ」

「はい、わかっています。じゃあ、こうやって抱き締めて触れ合うのは？」

「……研究の為でしたらギリギリ構いません」

本当は嫌だ。

だが、少しでも優良な種を入手する為ならと承諾した。

「よかった。じゃあ、この前の夜みたいに、キスは？」

「はぁ？　それは無理に決まって……っん――っ！」

言葉は最後まで紡げなかった。藪中の唇によって塞がれたからだ。

初めて口付けた時とは違い、優しく触れ合うものだったが、重なった唇の表皮が微かに甘く痺れた。私はピクリと肩を震わせた。

「っん――っ……！」

それに気付いたのか、藪中がゆっくりと唇を離す。重なった唇が熱かった。熱がじんわりと優しく染み渡り、蕩けそうだった。

「……駄目ですか？」

首を傾げながら尋ねられた瞬間、私はカッとなった。

「だ、駄目も何もいきなりキスしたくせに！」

「誉さん、こうなった以上、覚悟しておいて下さいね」

「……っ！」

宣戦布告なのか、藪中からは強い決意が感じ取れた。今までにない本気があった。恐怖とは別の意味で背筋が凍った。

「……さっきから勝手に私の名前を呼ばないで下さい！」

咄嗟に誤魔化して、話の矛先を変えた。

「え～、駄目ですか？　素敵な名前だし、イメージにピッタリで……」

「駄目です。大して親しくないというのに……！」

「俺のものを素手で触っておいて親しくない？　それは違うでしょう。ねぇ、誉さん？」

「――っ、藪中さんっ！」

「アハハハハ！」

ひとり楽しそうに笑う藪中がやっと抱擁を解いた。私は瞬時に彼と距離を取った。

その時だった。

藪中の表情が何かを察知したようにピクリと蠢いた。彼はホッと胸を撫で下ろしていた。

「――？」

何事かと瞳で問うと――。

「どうやら治まったようです。匂いが急に弱くなりました」

「――え？」

「あの彼の……オメガのフェロモンです」

「――！」

瑞貴の発情フェロモンを藪中はずっと嗅ぎ取っていた事となる。その匂いが治まったという事は……結論は一つだ。

冴嶋の精が瑞貴の中に注ぎ込まれたのだ。何ともやるせない気持ちになった。

合意の上で契約を結んだのかもしれないが、瑞貴の全てを諦めたかのような態度が私には引っ掛かっていた。

引き摺り出されたヒートによって、オメガの本能を剝き出しにされたのだ。矢木の自分勝手な実験と、冴嶋の欲望によって。

瑞貴が本気で望んでいるとは思えなかった。

「……誉さん？」

黙り俯く私を藪中が心配気に呼んだ。

「……何でもありません。それより、また勝手に名前を呼びましたね」

「やっぱり駄目ですか？」

「駄目です。それより早速、取引の内容を決めたいと思います」

藪中が「はい」と頷いた。

矢木の暴走を止め、理生研そのものを変えなければ、オメガにとって明るい未来は訪れないと、私は目の前のアルファを厳しく見据えながら告げた。

「――では、明日の朝、精子の提供をお願いします。家で出して頂いて結構です。後ほど採取のやり方と、保存方法の説明を兼ねて、専用の容器を渡しますの今まで以上にアルファが、藪中路成が大嫌いだと覚った瞬間だった――。

「面白くないです。採取の時、失敗しないで下さいね」

藪中は嫌な顔一つせずに、快く引き受けた。

「わかりました。面白くなりそうですね」

で」

念を押した。

藪中がほくそ笑む。

「……ところで誉さん。その手、どうします?」

「……洗い流すに決まっているでしょう」

乾いた精は掌に纏わりつきながら独特な匂いを放っていた。

藪中の匂いが、アルファの匂いが、肌へと染みついていた。

「あはは! そうですよね。俺の服も汚れちゃいました。でも、とっても気持ちよかったですよ」

「………」

嫌な男だ、本当に――。

愉快そうに笑う姿に苛立った。

◆初出一覧◆

その種、頂戴します。－廻り出した運命－

＊上記の作品は【小説投稿サイト「エブリスタ」(https://estar.jp/)】に掲載された作品を加筆修正したものです。

ビーボーイノベルズをお買い上げいただきありがとうございます。
この本を読んでのご意見・ご感想をお待ちしております。

〒162-0825 東京都新宿区神楽坂6-46
ローベル神楽坂ビル4F
株式会社リブレ内 編集部

アンケート受付中
リブレ公式サイト https://libre-inc.co.jp
TOPページの「アンケート」からお入りください。

B-BOY NOVELS

その種、頂戴します。―廻り出した運命―

2019年8月22日 第1刷発行

著者——今いずみ

発行者——太田歳子
発行所——株式会社リブレ
〒162-0825
東京都新宿区神楽坂6-46ローベル神楽坂ビル
営業 電話03(3235)7405 FAX 03(3235)0342
編集 電話03(3235)0317
印刷所——株式会社光邦

この書籍の用紙は全て日本製紙株式会社の製品を使用しております。

Printed in Japan
ISBN 978-4-7997-4432-1